북천전

천봉신무협 장편소설

PAPYRUS ORIENTAL FANTASY

북천전기 17

초판 1쇄 발행 2023년 11월 15일

지은이 ㅣ 천봉
발행인 ㅣ 최원영
편집장 ㅣ 이호준
편집디자인 ㅣ 한방울
영업 ㅣ 김민원

펴낸곳 ㅣ ㈜ 디앤씨미디어
등록 ㅣ 2002년 4월 25일 제20-260호
주소 ㅣ 서울시 구로구 디지털로 26길 111 JnK디지털타워 503호
전화 ㅣ 02-333-2513(대표)
팩시밀리 ㅣ 02-333-2514
E-mail ㅣ papy_dnc@dncmedia.co.kr
블로그 ㅣ blog.naver.com/gnpdl7

ISBN 979-11-364-4875-0 04810
ISBN 979-11-364-3596-5 (SET)

※ 저자와 협의하여 인지는 붙이지 않습니다.
※ 이 책은 ㈜ 디앤씨미디어(파피루스)가 저작권자와의 계약에 따라 발행한 것으로 본사와 저자의 허락 없이는 어떠한 형태나 수단으로도 내용을 이용할 수 없습니다.

17

천봉 신무협 장편소설

북천전기

北天戰記

1장. 운명적인 만남 · 7

2장. 잔혹한 경고 · 47

3장. 고맙소, 주군 · 89

4장. 백야벌로 향하는 세력들 · 129

5장. 사냥을 시작할 때 · 171

6장. 설무진을 쫓아온 나율 · 213

7장. 백야벌의 대공이 되다 · 255

1장
운명적인 만남

운명적인 만남

금강석이 발견되었습니다. 드러난 것만 대충 살펴봐도 엄청난 양일 것으로 추정…… 後略.

금광산에서 낭보가 날아들었다.

금강석(金剛石)은 워낙에 단단하여 세공 자체가 힘든 광물이지만, 세공을 통해 보석으로 탈바꿈하기만 한다면 금보다 몇 배는 더 비싼 가격에 거래된다.

'황금상단을 이용하면 막대한 이득을 취할 수 있겠군.'

"철우."

"예."

철우가 들어섰다.

"금광산으로 가 봐야겠다."

"지금 바로 말입니까?"

"그래. 너만 따라나서도록 해."

"알겠습니다."

연후는 사마송과 동방리에게 인편으로 금광산으로 간다는 것을 전하고 곧장 철혈가를 나섰다.

하지만 얼마 가지 못하고 멈춰 서야 했다.

두두두!

한 기의 인마가 철혈가를 향해 질풍처럼 달려오고 있었다.

철우가 앞으로 나서며 나지막이 외쳤다.

"멈춰라."

히히힝!

말이 멈추고 그 위에서 청년 무사 한 명이 훌쩍 뛰어내렸다.

"가주를 뵙습니다!"

"어디서 온 누군지부터 밝혀라."

"황금상단에서 왔습니다. 광산으로 향하던 길에 혈가의 혈강시로 추정되는 괴물의 습격을 받고 상당한 피해를 입었습니다. 이에 가주께 도움을 청하라는 단주님의 지시로 달려오는 길입니다!"

'혈강시가 황금상단을 공격해?'

"얼마나 몰려왔지?"

"혈강시 하나에 놈을 조종하는 자들 몇 명인데…… 도저히 어떻게 할 수 없을 정도로 막강하여 열 대에 가까운 마차가 완파되거나 반파되는 피해를 입었습니다."

연후는 다시 물었다.

"상단은 어디까지 왔느냐?"

"지금쯤이면 광산에서 이틀 정도 떨어진 곳을 지나가고 있을 것입니다."

"대략적인 위치를 말해야지."

"쌍룡산 근처를 지나고 있을 겁니다."

쌍룡산은 연후도 아는 곳이었다.

광산에서 이틀 정도 떨어졌지만 산세가 워낙에 험준하여 우회해서 가려면 하루는 더 걸릴 수밖에 없는 곳이었다.

"도와주십시오!"

청년 무사가 머리를 조아리며 외쳤다. 그리고 고개를 들었을 때, 이미 연후와 철우는 사라지고 없었다.

* * *

쌍룡산(雙龍山).

두 마리 용의 전설이 얽혀 있는 그곳으로 황금상단의 마차가 접근하고 있었다.

선두에서 무리를 이끌던 청포인은 우측으로 완만하게 휘어져 있는 길을 따라 우회를 선택했다.

설무진은 왕적의 마차 바로 뒤에서 말을 타고 이동하는 중이었다. 혈강시의 공격을 받고 죽은 무사들이 타던 말이었는데, 왕적은 은자와 더불어 말까지 설무진과 청년에게 대가로 주었다.

설무진은 담담했지만 청년은 얼굴에서 웃음기가 떠날 줄을 몰랐다. 거금 천 냥에 말 두 필까지 얻었으니 신이 날 수밖에 없었다.

[중원은 확실히 살기가 좋은 곳인 것 같습니다. 공기부터가 확 다르지 않습니까?]

[표정 관리 좀 해라.]

내색하지는 않았지만 설무진도 기분이 좋기는 마찬가지였다.

생각지도 못한 거금을 벌게 되었고, 말 두 필까지 공짜로 얻었다. 그저 한 칼 휘둘러 준 대가치고는 믿기지 않을 만한 것들이었다.

'그나저나 아까 저자들이 혈강시라고 하는 것 같던데, 세상에 강시가 정말 존재했다니······.'

북해에는 강령술이라는 것이 존재한다. 죽은 자의 혼을 일깨워 되살리는 것으로, 악마의 주술이라 여겨 엄격히 금해졌다.

또한 세상의 질서를 어지럽힌다고 하여 강령술사나 주술사는 보이는 대로 죽여 버린 까닭에 지금은 완전히 맥이 끊긴 것으로 알려져 있었다.

'어딜 가나 악당들은 강력하구나.'

설무진은 불구대천의 원수를 떠올리며 눈빛을 가라앉혔다.

휘이잉!

산들바람이 기분 좋게 불어댔다.

참혹했던 사건만 없었더라면 유람을 떠나는 것 같은 기분이 들었으리라.

"고향이 어디인가?"

앞서 이동하던 한 중년인이 뒤돌아보며 물었다.

"고향은 색목국이지만 몇 년 전에 중원으로 들어왔소."

"역시 그랬군."

설무진의 금발은 감출 수 있는 것이 아니었다.

해서 무작정 감추기보다는 사실을 섞어 이야기하는 것이 오히려 의심을 피할 수 있다고 여겼다.

이후로도 중년인이 이런저런 것을 물었지만, 설무진은 적당히 사실과 거짓을 섞어 대답했다.

질문이 반복되자 점점 귀찮아지기 시작했지만, 그는 곧 있으면 수중에 들어올 은자를 떠올리며 인내했다.

그러던 그때, 중년인이 귀가 솔깃한 제안을 건넸다.

"우리 상단에 들어올 생각은 없는가? 자네 정도의 실력이라면 일 년에 은자로 일만 냥은 족히 받을 수 있을 걸세."

"쿨럭!"

청년이 갑자기 기침을 했다.

설무진도 하마터면 기침을 할 뻔했다. 은자 일만 냥은 살아오면서 본 적도 없는 거금이었다.

'역시 황금상단이구나.'

얼마나 돈이 많으면 한 사람에게 일 년에 은자 일만 냥을 줄 수 있을까.

"어디 그것뿐이겠나? 단주께서 자네를 아주 마음에 들어 하시니 자네가 수락만 하면 당장 머물 집과 시녀들도 내려 주실 걸세."

"쿨럭! 쿨럭!"

청년이 더 격렬하게 기침을 해 댔다.

하지만 설무진은 어느새 냉정을 되찾았다. 횡재 뒤에는 반드시 불운이 따르게 된다는 것을 어렸을 적부터 수도 없이 경험했었다.

"성의를 봐서 생각은 해 보겠지만 큰 기대는 하지 마시오. 뭔가에 구속되는 것이 죽기보다 싫어서 말이오."

"구속이라니. 이렇게 천하를 돌아다니며 돈도 벌고 유람도 하면 얼마나 좋은가. 어쨌든 생각 좀 해 보시게."

"알겠소."

두 차례 공격이 있은 후 왕적이 타고 있는 마차의 호위 병력은 두 배로 늘어났으며, 각각 이백여 명의 무사가 좌우측 숲을 타고 이동하면서 매복을 경계했다.

덜컹!

왕적이 마차의 문을 열고 얼굴을 내밀었다.

"이곳이 어딘고?"

"쌍룡산입니다. 여기서부터 북부의 권역이 시작됩니다."

"하면 혈가 놈들도 더는 공격을 하지 못하겠군."

"그래도 혹시 모르니 광산에 도착할 때까지는 경계에 만전을 기하도록 하겠습니다."

"당연히 그래야지."

흡족한 표정으로 고개를 끄덕인 왕적이 설무진을 응시했다. 설무진은 왕적이 자신을 쳐다보자 일부러 다른 곳으로 시선을 돌렸다.

왕적이 말했다.

"기회란 왔을 때 잡아야 하는 법. 하물며 나 같은 사람과의 인연은 자네의 인생을 바꿀 수도 있으니 신중하게 생각하기 바라네."

"……."

왕적은 이상하게 설무진이 마음에 들었다. 그래서 대하

는 태도부터 다른 사람들과는 확연히 달리했다. 당장 말투부터가 그러했다.

'이런 친구들을 최대한 많이 끌어모아야 한다. 그래야 혈가고 나발이고, 다시는 우리 황금상단을 우습게 여기지 못할 것이다.'

사실 이전부터 왕적은 거금을 들여서라도 고수를 영입할 생각을 갖고 있었다. 정확한 시기는 연후에게 치욕을 당한 이후부터였다.

하지만 그게 쉽지가 않았다.

세상이 알아주는 고수들은 돈으로 쉽사리 살 수 있는 부류가 아니었다. 그나마 사파 출신들은 어렵지 않게 영입을 했지만, 왕적이 진정으로 바라는 것은 팔대가문의 고수들과 맞서도 전혀 꿀리지 않는 수준의 절대고수였다.

'내게 오너라. 하면 천하에 둘도 없는 영단을 복용시켜서라도 최강의 공력을 얻게 해 주마.'

휘이잉!

산들바람이 왕적의 얼굴을 쓸고 지나갔다. 왕적은 설무진이 계속해서 다른 곳을 쳐다보자 의미심장한 눈빛을 발하고는 창문을 닫았다.

탁!

그제야 설무진은 시선을 거두며 슬며시 미간을 좁혔

다. 그는 왕적의 집요함이 왠지 거슬렸다.

'아무래도 광산까지만 함께하는 걸로 해야겠군.'

그때였다.

설무진은 전방에 우뚝 솟아 있는 암벽 위에 서 있는 두 사람을 발견하고는 눈빛을 발했다.

바람에 몸을 맡긴 채 오연하게 내려다보며 서 있는 그들에게서 강한 위압감을 느낀 것이다.

'그저 보는 것만으로 이 정도의 압박감을 느끼게 하다니……'

이전에도 이런 느낌을 받은 적이 있었다.

바로 북해의 제왕, 빙궁의 대궁주를 처음 봤을 때도 이러했다.

설무진은 검파에 손을 얹으며 앞서 이동하는 청포인을 향해 말했다.

"전방에 수상한 자들이 나타났소."

미처 몰랐던 걸까?

청포인이 그제야 암벽 위쪽으로 시선을 던졌다. 그러고는 두 눈을 부릅뜨며 왕적의 마차를 향해 나지막이 외쳤다.

"단주, 철혈가주께서 오셨습니다!"

설무진의 두 눈이 다시 빛을 발하는 순간이었다.

'저 사람이 북부무림의 주군……'

* * *

연후는 가볍게 암벽을 뛰어내렸다.

철우가 뒤를 따랐다.

그가 누군지 미처 알아보지 못한 황금상단의 무사들이 무기를 뽑아 들 때, 왕적이 그 큰 몸을 뒤뚱거리며 뛰어왔다.

"물러서라! 북부의 주군이시다!"

무사들을 물리친 왕적이 연후의 앞까지 뛰어와 머리를 조아렸다.

"오…… 가주께서 이렇듯 직접 와 주시니 감히 몸 둘 바를 모르겠습니다."

연후는 행렬을 살펴보았다.

"피해가 컸다고 들었는데……."

"망할 놈들 때문에 마차 열 대와 수십 명의 무사를 잃었습니다. 호위들 말로는 혈가의 혈강시가 틀림없다고 합니다."

연후는 전령의 말을 떠올리며 미간을 좁혔다.

뭔가 이상해도 많이 이상했다. 공격을 할 거면 더 많은 병력을 보냈어야 했다.

하지만 전령의 말에 의하면 혈강시 하나와 그를 조종하

는 몇 명이 전부라고 했다.

'무슨 의도로 고작 그 정도만 보내서 공격을 한 걸까?'

이곳까지 오면서 곰곰이 생각을 해 봤지만 마땅히 떠오르는 게 없었다.

연후는 주변 숲을 천천히 둘러보았다.

만약 아직 돌아가지 않고 계속 뒤를 쫓고 있다면 저 숲 어딘가에서 이쪽을 살펴보고 있을 터였다.

"광산까지 같이 갑시다."

"가주께서 함께해 주신다면 혈가 전체가 몰려와도 무슨 걱정이겠습니까. 하면 마차에 오르시지요."

"아니오. 그냥 말 두 필만 내주시오."

"……알겠습니다. 여봐라! 가주께 말 두 필을 내어 드려라!"

"예!"

무사 두 명이 말에서 내리고 그 말에 연후와 철우가 올랐다. 말에 오르던 연후는 그제야 설무진을 발견했다.

"상단의 호위무사요?"

"곧 그렇게 될 사람들입니다. 오던 길에서 저 친구들에게 큰 도움을 받았습니다. 어서 인사드리게! 북부의 주군이시네!"

"……설무진이라고 합니다."

"용천이라고 합니다!"

마지못해 하는 설무진과는 달리 청년, 용천은 한껏 상기되어 있었다.

연후의 명성은 북해에도 널리 퍼져 있었고, 젊은 나이에 두 세력의 주군이 된 그를 동경하는 무사들은 상당히 많았다. 용천도 그중 한 명이었다.

거기까지였다.

연후가 별말 없이 시선을 돌리자 설무진은 눈빛을 풀었고, 용천은 아쉬운 표정을 지었다.

[엄청나지 않습니까? 그냥 보고만 있어도 숨이 턱턱 막힐 지경입니다. 와! 천하에 빙궁의 빌어먹을 늙은이 말고도 이런 사람이 또 있다니…….]

[호들갑 그만 떨고 앞이나 제대로 봐.]

[……예.]

이동이 재개되었다.

한편 금광의 위치를 확인하기 위해 은밀히 뒤를 쫓고 있었던 혈가의 고수들은 갑자기 연후가 나타나자 놀람을 금치 못했다.

"아무래도 돌아가야 할 것 같습니다. 발각되면 아무리 혈강시가 있더라도 죽음을 면치 못할 겁니다."

"빌어먹을, 저 작자가 왜……."

혈포인의 얼굴이 당혹감으로 인해 붉게 물들었다. 다른 이들의 말처럼 연후에게 발각되면 혈강시는 차치하더라도 자신들이 죽게 될 것이다.

'금광의 위치까지 확인을 했더라면 주군께서 크게 기뻐하셨을 텐데······.'

아쉬움이 물밀듯 밀려들었다.

하지만 조금 전과 같은 갈등은 아예 일어나지도 않았다.

"돌아간다."

다른 자들의 얼굴이 안도감으로 물드는 순간이었다.

* * *

쿵쿵쿵!

땅땅땅!

광산 주변이 산을 깎아 내리고 숲을 개간하느라 여념이 없었다.

광부들과 경계를 담당할 병력들이 머물 공간을 확보하는 것이 급선무였다. 또한 몰려올 상인들을 대비해 저잣거리를 확보하는 것도 시급했다. 그야말로 하나의 작은 도시를 만드는 작업이었다.

연후는 광산 주변의 역동적인 모습에 잠시 걸음을 멈췄다.

왕적이 그의 곁으로 다가오며 물었다.

"광산이 하나 더 있었습니까?"

"여긴 얼마 전에 발견한 곳이오."

연후는 광산으로 향하던 길에 금광에 먼저 들렀다. 금강석의 유통을 위해 황금상단의 힘을 빌려야 한다면 굳이 숨길 이유가 없었다.

"이곳도 철광산입니까?"

"금광이오."

"……금광이라고 하셨습니까?"

왕적이 두 눈을 부릅떴다.

이런 쪽으로는 머리가 비상했던 그는 공사 현장의 규모만으로 금광의 정도를 짐작할 수 있었다.

연후는 바로 본론을 꺼냈다.

"서역, 색목국, 동영도 판로가 있다고 들었는데…… 사실이오?"

"그렇습니다. 한데 그건 왜……."

"이곳에 금강석도 매장되어 있소. 그걸 황금상단이 맡아서 팔아 주면 좋겠소만."

"……이곳에 금강석이 있습니까?"

"그렇소."

누구보다 금강석의 가치를 잘 알고 있었던 왕적은 다시 한번 두 눈을 치뜨며 놀라워했다.

그때 며칠 전에 먼저 와 있던 송영과 육손, 서백이 바람처럼 날아왔다.

"주군!"

"오셨습니까!"

뭘 하다가 왔는지 셋의 얼굴에 먼지가 내려앉아 누렇게 변해 있었다.

송영이 한껏 들뜬 목소리로 전음을 날렸다.

[금광석의 매장량이 어마어마한 것을 확인하고 오는 길입니다!]

"육성으로 말해도 된다."

송영이 왕적을 한 번 쳐다보고는 다시 말했다.

"금강석의 매장량이 처음 발견했던 것보다 훨씬 더 많았습니다. 채광을 책임지고 있는 장인의 말로는 안쪽으로 더 파고 들어가면 훨씬 더 나올 거라고 하더군요."

"수고했다."

왕적이 끼어들었다.

"광산을 한번 보고 싶습니다만."

"같이 갑시다."

"예, 가주."

연후는 왕적과 함께 광산으로 향했다. 가면서 그는 다른 말을 꺼냈다.

"아예 이곳에 지부를 하나 내는 것은 어떻소?"

"지부…… 말입니까?"

"금만 있는 것이 아니라 금강석도 있고, 또 다른 광산과도 지리적으로 가까운 곳이오. 하루 이틀하고 말 것이 아니면 원활한 소통을 위한 차원에서라도 지부를 내는 것이 좋을 것 같소만."

"좋습니다! 하면 저희 상단 사람들이 머물 만한 전각을 한 채 지어 주십시오. 돈은 넉넉하게 지불할 테니 가장 크고 화려하게 말입니다!"

"알겠소."

왕적이 이상하게도 잔뜩 신이 난 모습이었다.

연후로서는 뜻밖이었다.

'누구든 이런 경우면 배가 아파야 정상인데……'

특히 왕적 같은 전귀(錢鬼)라면 더욱더 그리해야 정상이었다.

"저, 수수료는 얼마나……."

"그건 차차 논의를 해 봅시다."

"아, 예."

잠시 후 연후는 광산으로 들어섰다. 아직은 광산보다는 동굴이라는 표현이 적당할 정도로 기초 공사가 한창이었다.

"충!"

곳곳에서 경계를 서던 무사들이 군례로 연후를 맞았다.

연후는 무사들을 독려하고는 안으로 들어갔다. 그리고 잠시 후 보고도 믿기지 않는 광경에 왕적이 세 번째로 두 눈을 부릅떴다.

"허……."

벽 곳곳이 황금색이었다. 보통은 바위에 섞여 줄기처럼 보이는데, 여기는 아예 한쪽 벽이 통으로 황금색인 곳도 있었다.

'이 정도였다니…….'

연후도 놀랐다. 설마하니 이 정도일 줄은 전혀 예상하지 못했다.

그때 한 중년인과 초로의 노인이 다가왔다. 경계와 광산 채굴을 책임지고 있는 사람들이었다.

중년인이 연후를 향해 머리를 조아렸다.

"주군을 뵙습니다!"

"잘되어 가고 있소?"

"예. 광부들의 안전과 경호에 만전을 기하고 있습니다."

"금강석이 있는 곳을 보고 싶소만."

"속하가 모시겠습니다."

연후와 왕적은 중년인을 따라 안으로 들어갔다. 그렇게 한참을 들어가자 뒤쪽으로 통하는 입구가 나타났고, 입구 앞쪽에 작은 물줄기가 흐르는 것이 보였다.

"저쪽입니다."

중년인이 가리킨 곳은 동굴 옆쪽의 암벽에 나 있는 큼지막한 동굴이었다.

그곳에도 무사들이 철통같은 경계를 서고 있었다.

"충!"

연후가 나타나자 무사들이 우렁찬 목소리로 군례를 취했다.

연후는 왕적과 함께 동굴 안으로 들어갔다.

한편 철우는 동굴 밖에 남았다. 그는 함께 따라온 송영에게 물었다.

"돈 좀 되겠더냐?"

"말도 마세요. 현재 드러난 것만 해도 은자로 환산하면 삼천만 냥은 넘을 겁니다. 더 파 봐야 알겠지만…… 금까지 더하면 더 이상 재정 걱정은 안 해도 될 것 같습니다."

"……."

천하의 철우가 할 말을 잃었다. 은자로 삼천만 냥은 상상조차 해 보지 못한 금액이었다.

더 놀라운 것은 금강석만 그렇다는 얘기였다. 그것도 현재까지 드러난 것만.

철우는 서령을 떠올렸다.

'이 정도면 북부의 은인이라 해도 과언이 아니겠군.'

송영이 말을 이었다.

"금은 전혀 문제가 안 되는데, 금강석은 세공도 까다롭고 판매도 중원보다는 서역, 색목국, 동영 같은 곳이 더 돈이 될 텐데 말입니다."

"무슨 걱정이냐."

"예?"

"저 안에 있잖아."

철우가 턱으로 연후와 왕적이 들어간 동굴을 가리켰다.

송영이 두 눈을 동그랗게 치떴다.

"아! 황금상단이라면 세 나라와도 교역을 하겠군요."

"아니면 여길 데려올 이유가 없지. 그나저나 너는 금강석을 세공하지 못하나?"

"물론 가능하죠. 하지만 저 혼자로는 어림도 없습니다. 금강석이 워낙에 단단해서 손톱만 한 것을 세공하는데도 한세월 잡아야 하거든요. 그렇다고 원석으로 팔자니 돈이 덜 되고……. 아무튼 돈으로 만들려면 고생 꽤 해야 될 겁니다."

그때 육손이 끼어들었다.

"우리가 배우면 되지 않을까? 제깟 놈이 아무리 단단해 봤자 공력을 이용하면 별수 있겠어?"

"뭐, 그것도 방법이긴 하지."

서백이 나섰다.

"시간 되는 대로 우리한테 세공하는 법을 가르쳐 주면 되겠네. 형님들도 배우시면 도움이 될 테고 말이야. 아니지, 공력이 우리보다 더 심후하니 더 빨리 배우시려나?"

송영이 심드렁하게 말했다.

"자식들아, 그게 그냥 깎는다고 되는 게 아니야. 세공은 말이지, 고도의 미적 감각을 필요로 하는 예술이거든. 그러니까 그런 쪽과는 담을 쌓고 사는 너희들은 좀 힘들지 않을까? 형님들은 말할 것도 없고."

퍽!

"큭!"

송영의 엉덩이에 철우의 발길질이 떨어졌다.

그때 연후와 왕적이 나왔다.

철우는 연후를 응시하며 흐릿하게 웃었다.

'아주 만족하고 계신다.'

* * *

설무진은 황금상단의 무사들과 함께 광산 초입의 풀밭에서 대기 중이었다.

그는 그곳에서 광산 주변을 경계하는 무사들을 응시하며 내심 놀라고 있었다.

'한낱 경계무사들의 비범함이 이 정도라니…….'

무사들의 전신에 흐르는 비범함이 북해빙궁의 정예들을 보는 것 같았다. 간혹 간부로 보이는 자들이 지나갈 때면 날카로운 기운이 이곳까지 전해지는 것 같은 착각마저 들 정도였다.

용천이 말했다.

"대궁주, 그 망할 늙은이의 꿈이 중원무림을 정복하는 거라고 하던데…… 중원으로 내려오려면 가장 먼저 북부무림과 충돌하겠군요."

설무진은 묵묵히 고개를 끄덕였다.

용천이 말을 이었다.

"우리 입장에서는 북부무림이 강하면 강할수록 좋겠습니다. 그래야 그 늙은이가 개고생을 하지 않겠습니까."

"북부무림이 아무리 강력하다 해도 빙궁의 상대는 되지 못할 거다. 너도 겪어 봤지 않느냐. 치가 떨리도록 강력한 놈들의 무력을……."

"솔직히 일대일은 우리가 더 세죠. 그놈에 쪽수가 깡패이니 어쩌겠습니까. 그나저나 북부의 주군 곁에서 움직이던 자 말입니다."

철우를 말함이었다.

"그자가 왜?"

"엄청난 고수겠지요?"

"주군의 호위면 당연히 고수겠지."

운명적인 만남 〈29〉

"저는 살면서 그렇게 차가운 인간은 처음 봤습니다. 차가움만 따진다면 빙궁의 호로 새끼들보다 더한 것 같던데요?"

설무진도 그 점은 인정했다. 그 역시도 철우를 처음 봤을 때 연후보다 더 강렬한 느낌을 받았었다.

'그래 봤자 놈들에겐 상대가 되지 않을 테지.'

설무진의 머릿속에 떠오른 자들이 있었다.

철인족은 그들을 가리켜 빙궁의 사냥개라 불렀다. 하나같이 강력한 무력에 잔혹한 심성, 그리고 죽음을 두려워하지 않는 용맹까지.

싸아아…….

설무진의 전신에서 냉기가 흘러나오자 용천이 흠칫하며 그의 팔을 흔들었다.

"또 그놈들 생각하셨습니까?"

"……."

"사람들 놀라겠습니다."

설무진은 나지막한 한숨과 함께 뒤로 벌러덩 드러누웠다. 그러고는 질끈 눈을 감았다.

그런 설무진을 안타까운 눈으로 바라보던 용천은 시선을 들어 광산 쪽을 바라봤다.

마침 연후가 밖으로 나서고 있었다.

용천의 시선은 연후의 뒤를 따라오는 육손과 송영을 차

례로 훑었다.

"저 자식들은 별거 아닌 것 같은데……."

그러다가 서백을 보고는 피식 웃었다.

"웬 활?"

북해에서도 활은 사냥할 때나 쓰는 도구쯤으로 여기고 있었다.

용천은 설무진의 옆구리를 쿡쿡 찔렀다.

"일어나시죠?"

"나올 때까지 내버려둬."

"나오고 있는데요?"

"……."

설무진은 눕혔던 몸을 일으켰다.

휴식을 취하고 있던 황금상단의 무사들도 주변을 정리하고 떠날 준비를 시작했다.

"저 사람은 얼마나 강할까요?"

용천이 연후를 응시하며 물었다.

"소문 들었잖아."

"소문을 다 믿을 수 없으니 이러죠. 그냥 얼핏 봐서는 그렇게 강해 보이지 않는데, 처음 봤을 때 느낌은 완전 끝내주지 않았습니까. 그래도 대궁주의 상대는 되지 못하겠죠?"

"당연한 소리를."

설무진이 일어서며 말을 이었다.
"설사 상대가 된다 해도 대궁주, 그자의 목은 내가 벤다."

* * *

철광산을 향한 이동이 재개되었다.
금강석의 판로까지 깔끔하게 해결을 한 연후는 홀가분한 기분으로 광산을 향했다.

금광을 발견한 사람이 저라는 거 잊지 마세요.

서령의 목소리가 머릿속에서 맴돌았다.
둘 중 하나가 죽기 전에는 결코 끊어 낼 수 없을 것만 같았던 악연이었다. 그러한 악연으로 이어진 그녀가 자신과 북부에 너무나도 큰 행운을 가져다주었다.
"축하드립니다, 주군."
철우가 웃으며 말했다.
"이제 우리 북부가 천하에서 제일가는 부자가 된 거 아닙니까?"
서백이 너스레를 떨었다.
"호들갑 좀 그만 떨어. 복 나간다고, 자식아!"

퍽!

송영이 서백의 뒤통수를 후려갈기며 으름장을 놓았다.

철우가 한마디 했다.

"지금 그 말…… 나한테 하는 소리 같은데?"

"그럴 리가요."

육손이 그런 셋을 보며 키득거렸다.

연후는 이 모든 것이 좋았다.

휘이잉.

연후는 부드럽게 얼굴을 쓰다듬고 지나가는 산들바람을 만끽하며 전마의 움직임에 몸을 맡겼다.

한편 설무진은 연후의 뒷모습을 응시하며 알 수 없는 묘한 감정에 사로잡혔다.

연후를 보고 있으면 자꾸 빙궁의 대궁주가 떠올랐다. 어디 한구석 닮은 곳도 없는데, 마치 대궁주가 눈앞에서 말을 타고 가는 것 같은 착각이 들었다.

"퉤!"

설무진은 정신을 혼란스럽게 만드는 대궁주의 얼굴을 떨쳐 내며 침을 뱉었다. 그러고는 연후의 뒷모습에서도 시선을 뗐다.

그때 연후가 뒤를 돌아봤다.

이미 다른 곳을 쳐다보고 있던 설무진이라 둘의 시선은 그대로 스쳐 지나갔다.

* * *

 도적단(盜賊團)은 어느 시대에서나 존재하기 마련이다.

 세상이 혼란스러워지면 그 틈을 이용해 세력을 불리고, 불린 세력을 바탕으로 더 큰 꿈을 꾸거나 자신들의 영달을 위해 움직인다.

 전자는 국란(國亂)으로 이어지는 경우가 많았고, 후자는 무림 세력에 의해 몰살을 당하거나 관에 의해 형장의 이슬로 사라지는 경우가 대부분이었다.

 하지만 그 와중에도 하나의 거대한 세력으로 성장하여 강호의 한 축으로 성장한 집단이 있었다.

 녹림(綠林)이었다.

 자칭 산의 제왕이라 부르는 자들. 그들은 천하에 걸쳐 십만에 달하는 문도를 보유하고 있으며, 그러한 수적 우위를 바탕으로 서서히 강호에서의 지분을 넓혀 갔다.

 하지만 워낙에 방대한 지역에 걸쳐 분포하고 있던 까닭에 수적 우위를 제대로 활용하지 못하는 치명적인 단점을 안고 있었다.

 그런 이유로 백야벌을 비롯한 팔대가문도 그들을 대수롭지 않게 여겼다.

녹림은 북부무림에도 존재했고, 그중에서 가장 강력한 세력을 보유한 집단이 황금상단의 행렬을 노리고 있었다.

"이게 웬 떡이냐? 황금상단이 우리 구역에 나타나다니 말이다. 흐흐흐."

"그러게 말이다. 북부의 새로운 주군 때문에 노략질을 하지 못해 살림살이가 엉망이 되어 버렸는데, 저것만 제대로 털면 한동안 돈 걱정은 하지 않아도 되겠군. 후후후."

판박이처럼 닮은 두 거한이 황금상단의 마차들을 내려다보며 탐욕스럽게 웃었다.

쌍둥이인 두 거한은 북부무림에서 활동하는 녹림의 수괴 격인 자들이었다.

불과 이 년 전까지만 해도 노략질을 통해 얻은 재물로 호의호식하며 살았던 그들은, 북부의 주군이 바뀌면서 삶이 바닥으로 곤두박질치는 경험을 해야만 했다.

때문에 다른 지역으로 터전을 옮길 것까지 고민했던 차였는데, 뜻하지도 않았던 황금상단의 마차들이 나타난 것이다.

"어차피 철혈가주 때문에 북부에서 살기는 글렀다. 오늘 여기서 저놈들을 제대로 털어 다른 곳으로 터전을 옮기자고."

"잠깐. 마차가 점점 더 늘어나는데? 무사들도 엄청나게 많아!"

완만하게 휘어진 길을 따라 이동하는 황금상단의 마차들이었다. 때문에 뒤쪽에서 이동하는 마차들은 두 거한의 시야에 잡히지 않고 있었다.

한 거한의 얼굴이 일그러졌다.

"빌어먹을. 뭐가 저렇게 많아."

"뒤에 더 있으면 곤란한 거 아니냐? 황금상단의 무사들은 보통이 아니라고."

"조금 더 지켜보자."

두 거한의 얼굴에서는 이미 웃음기가 싹 가셨다. 하지만 한 번 치민 탐욕은 쉽사리 사라지지 않았다.

잠시 후 행렬의 끝이 보이고 그 뒤를 따라 이동하는 엄청난 숫자의 무사들을 확인한 두 거한은 서로를 쳐다보며 한숨을 푹 내쉬었다.

"글렀다. 씨팔!"

"니미. 더럽게도 많네."

그때 뒤쪽에서 호리호리한 몸매의 청년 하나가 다가왔다. 그는 두 거한의 옆으로 나서며 황금상단의 행렬을 바라보며 안광을 번뜩였다.

"어떡하실 겁니까?"

"자식아. 저 엄청난 숫자를 보면 몰라?"

"그래서, 포기하시게요?"

"목숨을 걸 순 없잖아!"

"제게 좋은 계책이 있는데 말입니다."

"닥쳐. 아무리 좋은 계책이라도 우리보다 두 배는 더 많은 상대로 노략질을 할 순 없다. 게다가 저놈들은 고르고 골라서 고용한 무사들일 텐데 우리가 무슨 수로 이겨!"

한 거한의 말에 청년이 전방을 가리키며 말을 이었다.

"저곳을 지나갈 때 바위를 굴려 앞과 뒤를 갈라 놓는 겁니다. 그런 다음 상대적으로 무사들의 수가 적은 앞쪽을 치면 되지 않을까요?"

"……!"

두 거한의 표정이 싹 변했다.

청년이 가리킨 곳은 마차 한 대가 겨우 지나갈 만한 좁은 길이었다. 그리고 좌우에 가파른 언덕이 있고, 그 위에 굴릴 만한 바위들이 곳곳에 널려 있었다.

"오호!"

한 거한의 얼굴에 사라졌던 웃음기가 다시 나타났다.

"우리가 돈 덩어리나 다름없는 황금상단을 언제 또 만나겠습니까? 새로운 터전을 일구라는 하늘의 뜻이니 제 말대로 한번 해 보시죠."

"좋다! 그렇게 하자!"

퍽!

"새끼가 제법이란 말이지. 흐흐흐."

두 거한과 청년이 뒤로 내려갔다. 그곳에 녹림을 상징하는 녹포를 걸친 녹림도들이 거의 사백 명이나 모여 있었다.

저마다 이 바닥에서는 잔뼈가 굵은 자들이라 두 거한은 누런 이를 드러내며 자신감을 비쳤다.

"제대로 한탕 하고 뜨는 거다. 흐흐흐."

"다들 신속하게 움직여라!"

* * *

연후는 선두에서 이동했다.

모든 일이 원하는 것 이상으로 풀린 까닭일까? 평범하기 짝이 없는 주변 풍경이 마치 한 폭의 그림처럼 아름답기만 했다.

"주군."

"왜."

"저기를 좀 보십시오."

연후는 서백이 가리킨 곳을 응시했다.

전방 멀지 않은 곳에서부터 길이 갑자기 좁아지는 것이 보였다. 마차 한 대가 간신히 지나갈 만한 좁은 길이 상당한 거리까지 이어지고 있었다.

"매복하기에 딱 좋은 곳인데…… 먼저 가서 살펴보지

않아도 괜찮을까요?"

"자식아. 우리 북부의 영토인데 감히 어떤 놈들이 매복을 한다는 거야. 하여간에 그놈의 조심성은 때와 장소를 가리지 못한단 말이야. 쯧쯧쯧."

송영이 혀를 찼다.

연후도 같은 생각이었다. 하지만 서백의 조심성은 인정해 주고 싶었다.

"너희 둘이 가서 한번 살펴보도록 해."

"알겠습니다."

"……저도 갑니까?"

"싫으면 말고."

"……아닙니다. 가겠습니다."

결국 서백과 송영이 먼저 뛰쳐나갔다. 가면서 송영이 서백의 뒤통수를 한 대 후려갈겼다.

퍽!

"큭!"

철우가 그 모습을 보며 미간을 찡그렸다.

"저 녀석들은 도대체 언제 철이 들까요?"

"매사에 지나치게 심각한 너희들 때문에 사람들이 우리를 너무 어렵게 대하는 경향이 있어. 그런 의미에서 보자면 저 녀석들이 어느 정도 경직된 분위기를 희석시키는 역할을 한다고 봐야겠지."

"……."

곁에 있던 육손이 씩 웃으며 철우를 응시했다. 그러다가 철우와 시선이 딱 마주치자 재빨리 고개를 돌렸다.

"왜 웃는 거지?"

"그냥…… 요. 아! 저도 한번 가 봐야겠습니다."

육손이 재빨리 말에서 뛰어내렸다. 간발의 차이로 철우의 주먹이 허공을 가르고 지나갔다.

그때였다.

"으악!"

송영과 서백이 사라진 곳에서 한 줄기 단말마가 터져나왔다. 저만치 앞까지 달려갔던 육손이 휘둥그레진 얼굴로 연후를 돌아봤다.

"제가 가 보겠습니다."

철우가 허공을 갈랐다.

연후는 슬며시 미간을 좁혔다.

'정말 매복이 있었단 말인가?'

* * *

"이동 중지!"

"이동을 중지하라신다!"

갑작스러운 상황에 설무진은 전방을 응시했다. 용천이

눈빛을 발하며 물었다.

"방금 비명 소리를 들은 것 같은데 말입니다."

"나도 들었다."

"이전의 그 자식들일까요?"

"두고 보면 알게 되겠지."

간격을 두고 이동하던 호위들이 왕적이 타고 있는 마차 주변으로 몰려들었다.

설무진은 용천에게 주의를 줬다.

[싸움이 벌어져도 가급적 실력을 감춰야 한다. 알겠느냐?]

[옙.]

설무진은 장검을 무릎 위에 올려놓고 전방을 주시했다. 그러다가 허공을 가르는 철우를 보고는 눈빛을 발했다.

'역시 고수였군.'

"이야, 저 경공술 좀 보십시오. 역시 대단한 사람이었군요."

이럴 때 빠지는 법이 없는 용천이었다.

덜컹!

왕적이 마차의 문을 열고 얼굴을 내밀었다. 그는 전방을 한 번 쳐다보고는 청포인에게 물었다.

"또 그놈들이냐!"

"아직은 더 지켜봐야 할 것 같습니다."

"흥! 이제는 가주께서 계시니 차라리 그놈들이었으면

좋겠다."

왕적이 문을 열고 밖으로 나섰다.

청포인이 말렸다.

"위험하니 그냥 안에 계십시오."

"가주께서 계신데 무슨 걱정이냐. 혈강시고 나발이고 가주께 걸리면 뼈도 추리지 못할 것이다!"

"……."

왕적은 아예 마차의 지붕으로 올라가 전방을 살폈다. 그러한 그의 모습에서 설무진은 연후를 다시 보게 되었다.

'북부의 주군이 얼마나 강하기에 그 무시무시한 괴물을 겪어 보고도 저렇듯 신뢰할 수 있는 걸까?'

한 번 부딪쳤던 복면인, 혈강시는 상상을 초월하는 힘을 지니고 있었다. 힘에서만큼은 북해에서도 알아주는 설무진조차 하마터면 충격을 이기지 못하고 검을 놓칠 뻔했었다.

그때였다.

까가강!

콰지직!

"으악!"

"크아악!"

전방에서 처절한 단말마가 연이어 터졌다. 뒤이어 서백과 육손이 허공으로 솟구쳐 오르는 것이 설무진의 눈에 들어왔다.

이럴 때 빠지면 섭섭한 용천이었다.

"도약 거리가······."

그는 믿을 수 없다는 표정으로 서백과 육손을 바라봤다. 처음 보았을 때 대수롭지 않게 여겼던 그들이 자신조차도 감히 오를 수 없는 거리까지 솟구쳐 오르니 놀라지 않을 수 없었다.

"힘을 감추고 있었던 모양입니다."

"북부의 주군 곁을 함께하려면 저 정도는 되어야겠지. 그러니까 사람은 겉모습만 봐서 판단하면 안 된다고 하지 않았느냐."

설무진은 말을 해 놓고 얼굴이 화끈거렸다. 자신도 연후를 처음 봤을 때 소문보다 약하다고 여겼지 않은가.

휘리릭!

서백이 먼저 떨어져 내렸다.

"전방에 녹림도로 추정되는 놈들 수백 명이 매복하고 있습니다! 능선 끝에 바위를 모아 놓은 것을 봤는데, 우리가 길목으로 접어들었을 때 바위를 굴려 행렬을 양분하려는 속셈인 것 같습니다!"

"녹림?"

"예. 복장으로 봐서 녹림도들이 틀림없는 것 같았습니다!"

연후도 녹림에 대해서는 어느 정도 들어서 알고 있었

다. 천하 곳곳에서 노략질을 일삼는 그들이 다만 북부에서만큼은 존재감이 미미했던 까닭에 대수롭지 않게 여겨왔었다.

'황금상단의 깃발을 보지 못했을 리 없을 터. 간덩이가 부은 놈들이군.'

마차마다 황금상단의 깃발이 달려 있었다.

그럼에도 공격을 준비했다면 둘 중 하나였다. 전력에 자신이 있거나 세상 물정을 아예 모르거나.

'녹림이라……'

연후는 뒤를 돌아봤다.

마침 왕적이 마차 위에 올라가 있다가 그와 시선이 마주쳤다.

"병력을 보내도록 하시오."

"얼마나 보내면 되겠습니까?"

연후는 서백을 돌아보며 물었다.

"얼마나 된다고 했지?"

"어림잡아 사백은 되어 보였습니다."

연후는 다시 왕적을 돌아봤다.

"혹시 모르니 비슷한 숫자로 대응토록 하시오."

"알겠습니다!"

잠시 후 사백여 명의 무사들이 검을 뽑아 들고 일제히 전방을 향해 뛰쳐나갔다.

연후는 설무진을 응시했다.

둘의 시선이 허공을 격하고 얽혀들었다.

"가서 좀 돕지?"

"……."

왕적이 나섰다.

"녹림이라도 고수가 있을지 모르니 자네들도 냉큼 뛰어가서 돕도록 하게!"

설무진은 하는 수 없이 말에서 내렸다.

받은 돈도 있고, 받아야 할 돈도 있으니 가만히 있을 수는 없었다.

[적당한 속도로 달려.]

[옙!]

설무진과 용천이 뛰어나갔다.

둘은 일부러 속도를 조절했다. 그렇다고 너무 약하게 보이면 의심을 받을 수도 있어 왕적의 호위를 맡고 있는 청포인의 수준에 맞췄다.

연후는 둘의 뒷모습, 아니 설무진의 뒷모습을 보며 흐릿하게 웃었다.

'일부러 능력을 감추고 있군.'

2장
잔혹한 경고

잔혹한 경고

 능선을 향해 밀려드는 황금상단의 무사들을 보며 녹림도들은 혼란에 빠졌다.
 "빌어먹을……. 어떡하지?"
 "어떡하긴. 곧 있으면 더 몰려올 텐데 그냥 도망쳐야지!"
 녹림도들을 이끌던 쌍둥이는 싸워 볼 생각도 않고 도주를 선택했다.
 그중 하나가 녹림도들을 향해 소리쳤다.
 "도망쳐라!"
 쌍둥이들이 가장 먼저 도주를 시작하자 녹림도들도 그 뒤를 쫓아 일제히 달아나기 시작했다.
 "크악! 뭐가 이따위야!"

쌍둥이 하나가 괴성을 질러 댔다. 바위를 굴려 앞과 뒤를 끊어 버렸다면 일확천금을 할 수도 있는 기회였다.

하지만 난데없이 나타난 두 명에게 발각이 되었고, 이후 황금상단의 무사들이 들이치면서 일확천금의 꿈은 물거품이 되고 말았다.

결코 약한 전력이 아니었지만 상대는 황금상단이었다. 게다가 병력도 두 배에 달했으니 싸워 볼 엄두조차 나지 않았다.

"너 이 개새끼!"

쌍둥이 하나가 계략을 냈던 청년을 향해 욕설을 퍼부었다.

"놈들이 정찰을 할지 미처 몰랐습니다!"

"닥쳐, 개새끼야!"

연이은 욕설에 청년이 받아쳤다.

"빌어먹을 새끼들이 좋다고 웃을 땐 언제고 이제 와서 내 탓이야!"

"뭐, 뭐? 새끼들이?"

"그래, 개새끼들아!"

청년이 욕설을 퍼붓고는 다른 방향으로 몸을 날렸다.

그때였다.

번쩍!

한 줄기 빛이 날아들어 청년의 목을 베고 지나갔다. 비명조차 지르지 못하고 목이 떨어지자 쌍둥이가 두 눈을 부릅떴다.

그런 그들의 눈동자에 청년의 뒤에서 모습을 드러내는 철우의 모습이 비수처럼 박혀 들었다.

"도망가게?"

"……!"

한순간 놀랐던 쌍둥이들.

하지만 결코 만만치 않은 무력을 지녔던 그들은 동시에 철우를 향해 달려들었다.

쐐애액!

그 순간 파공성과 함께 날아든 화살이 한 쌍둥이의 미간을 뚫었다.

퍽!

"컥!"

동시에 다른 쌍둥이의 목이 철우의 검에 의해 뎅강 잘려 날아갔다.

서걱!

"크악!"

철우가 미간을 찡그리며 좌측을 돌아봤다. 그곳에 서백이 활짝 웃으며 서 있었다.

"끼어들어 죄송해요."

그러고는 사라지는 서백이었다.

한편 하늘처럼 믿고 따랐던 쌍둥이가 허망하게 죽는 것

을 목격한 녹림도들은 한순간 대혼란에 빠져들었다.

"대장들이 죽었다!"

"씨팔…… 완전 엿됐잖아."

그때 카랑카랑한 음성이 울렸다.

"검을 버리고 무릎을 꿇어라!"

황금상단의 고수 하나가 녹림도들의 앞으로 떨어져 내렸다. 그는 검을 들어 녹림도들을 겨누며 다시 한번 싸늘히 외쳤다.

"항복하면 목숨은 살려 준다. 하나 저항하겠다면 한 놈도 남김없이 모조리 죽여 버릴 것이다!"

보통은 이런 경우에 대부분이 항복을 하기 마련이다. 지휘 체계가 제대로 서 있지 않은 오합지졸인 데다 무리를 이끌던 수괴가 죽었으니 전의를 상실할 수밖에 없었다.

하지만 눈앞의 녹림도들은 달랐다.

"잡혀도 죽는다! 싸우자!"

"씨팔! 이래 죽으나 저래 죽으나 매한가지라면 차라리 싸우다가 죽자!"

"쳐라!"

우와아아!

녹림도들이 앞을 막아선 황금상단의 무사들을 향해 들소 떼처럼 달려들기 시작했다.

철우가 그 광경을 보며 피식 웃었다.

"미련한 놈들."

까가강!

콰콰콱!

"크아악!"

"으악!"

싱겁게 막을 내릴 것 같았던 상황이 전투로 이어지면서 양측에서 비명이 터지기 시작했다.

처음에는 엇비슷해 보였다. 하지만 체계적으로 훈련을 받은 쪽과 그러지 못한 쪽의 차이가 드러나는 데까지 걸린 시간은 불과 일각이 채 걸리지 않았다.

"빌어먹을 새끼들이 감히 어디라고 덤벼!"

"모조리 죽여 버려!"

콰콰콱!

"크아악!"

"으악!"

녹림도들이 밀리기 시작했다.

황금상단의 무사들은 자비를 두지 않고 닥치는 대로 죽이고 또 죽였다.

그중에는 설무진과 용천도 있었다. 힘을 감춰야 함에도 그들에게는 녹림도들은 걱정할 것도 없는 쉬운 상대였다.

하지만 고수도 눈먼 칼에 맞으면 목숨을 잃는 법. 설무진은 집중력을 유지하며 자신에게 달려드는 녹림도들만 죽였다.

[너도 적당히 해라.]

[옙!]

이각쯤 지났을까?

"하, 항복하겠소!"

무기를 버리고 항복하는 녹림도들이 늘어나기 시작하면서 전투는 막바지를 향해 치달았다. 그리고 조금 더 시간이 흐르자 산발적인 전투마저 완전히 막을 내렸다.

* * *

연후는 왕적과 나란히 서서 능선을 내려오는 자들을 응시했다.

머리에 손을 얹고 내려오는 녹림도들의 수가 어림잡아 이백여 명은 되어 보였다.

왕적이 눈에서 불을 켰다.

"저 빌어먹을 잡놈의 새끼들······."

"이전에도 당해 봤소?"

"몇 차례 있었지만 피해는 미미했습니다. 다만 저 흉악한 놈들을 백야벌과 팔대가문에서 왜 가만히 내버려두는지 모르겠습니다."

말을 해 놓고 보니 실언했음을 깨달은 왕적은 황급히

머리를 숙였다.

"……죄송합니다. 제가 너무 흥분하여 그만 실언을 했습니다."

"괜찮소."

철우와 서백 등이 먼저 돌아왔다.

철우가 물었다.

"저놈들은 어떻게 처리하실 겁니까?"

"생각 중이다."

말은 그렇게 했지만 어떻게 처리할 건지 이미 결정을 해 놓은 연후였다.

그는 천천히 앞으로 나섰다.

황금상단의 고수가 녹림도들을 향해 외쳤다.

"북부의 주군이시다! 무릎을 꿇어라!"

"헉!"

"아이고……."

녹림도들이 크게 술렁거렸다. 몇몇은 도망을 치려다가 그 자리에서 목이 날아가기도 했다.

연후는 그만큼 무서운 존재로 각인되어 있었다. 아마 먼저 죽어 버린 쌍둥이들도 연후가 함께 있다는 것을 알았다면 노략질은 꿈도 꾸지 못했을 것이다.

"사, 살려 주십시오!"

퍼퍼퍽!

녹림도들이 일제히 무릎을 꿇으며 머리를 숙였다.

연후는 그들의 앞까지 걸어간 뒤에 걸음을 멈췄다.

모두는 연후를 주목했다. 이제 그의 말 한마디에 녹림도들의 생과 사가 결정지어질 터였다.

설무진도 과연 연후가 어떤 결정을 내릴지 궁금해하며 그를 바라봤다.

용천이 전음으로 물었다.

[다 죽일까요?]

[글쎄다.]

[대장 같으면 어떡하시겠습니까?]

[당연히 노예로 거둬야지.]

그때였다.

연후의 입에서 잔혹한 명령이 흘러나왔다.

"무림과는 상관없는 평범한 백성들을 상대로 노략질과 살인, 방화, 강간을 일삼아 온 놈들이다. 두 명만 남겨 두고 모두 죽여라."

"……!"

"정말…… 다 죽입니까?"

"두 명만 남겨 놓으라고 했다."

청포인이 마른침을 삼키며 왕적을 돌아봤다. 왕적이 버럭 소리를 질렀다.

"가주의 명이시다! 어서 이행하거라!"

"사, 살려 주십시오!"

"크아악!"

"으아악!"

녹림도들을 에워싸고 있던 황금상단의 무사들이 검을 휘두르기 시작했다.

학살이나 다름없는 참혹하면서도 잔혹한 광경은 한참이나 이어졌고, 모든 것이 끝났을 때 두 명의 녹림도만이 사지를 벌벌 떨며 바닥에 납작 엎드려 있었다.

휘이잉!

혈향이 바람을 타고 퍼져 나가는 가운데 연후는 두 명의 녹림도를 향해 싸늘히 말했다.

"가서 전해. 북부의 백성들로부터 철전 한 닢이라도 빼앗는 놈은 누구라도 이렇게 될 것이라고."

"……!"

"한 명만 살려 줄까?"

후다닥!

바지에 오줌까지 지리며 달아나는 두 녹림도.

설무진의 두 눈이 가늘게 흔들렸다.

'소문이 하나도 틀리지 않았군.'

북해까지 나 있는 연후에 대한 여러 가지 소문들, 그중 하나는 이런 것이었다.

북부의 주군은 피도 눈물도 없는 냉혈군주다.

용천이 온몸을 바르르 떨었다.
[대장.]
[왜.]
[북부무림에 터전을 잡는 것이…… 과연 옳은 결정일까요?]
[……]

* * *

이동이 재개되었다.
가면서 철우가 물었다.
"광산에 투입했어도 될 텐데…… 왜 그런 결정을 내리신 겁니까?"
연후는 담담히 되물었다.
"지나친 결정이라고 생각하나?"
"아닙니다. 그저 주군의 뜻이 궁금할 뿐입니다."
연후는 흐릿한 미소를 지으며 답했다.
"북부의 도적들에 대한 가장 확실하면서도 효과적인 경고라고 해 두지. 달리 말하면 강력한 예방책이라 할 수도 있겠고. 이제 이해가 됐나?"

"예."

잔혹하고도 참혹했던 사건.

이후 북부의 영토에서 녹림은 완전히 자취를 감춰 버렸다고 한다.

* * *

혈가의 총단.

가주 적혼은 혈강시의 시험을 마치고 돌아온 혈포인의 보고를 들으며 슬며시 미간을 찡그렸다.

"소통 체계에 문제가 있다라……."

"그렇습니다. 전음이나 육성으로 조종을 하는 것이 가장 확실한 방법이기는 하나 범위에 제한이 따르고, 조종자가 위급한 상황에 처하면 대처가 힘든 단점이 있습니다. 해서 감히 한 말씀 올리자면……."

혈포인이 말끝을 흐렸다가 다시 이었다.

"특수한 호각을 제작하여 사용한다면 조종이 보다 효과적일 듯합니다. 그러면 전음을 사용하는 것보다도 훨씬 더 먼 거리에서도 조종할 수 있게 되며, 조종자의 안전도 보장할 수 있을 것입니다."

일리가 있다고 여긴 것일까?

적혼은 묵묵히 고개를 끄덕이고는 찻잔을 입으로 가져

갔다.

탁!

"하지만 호각은 누구나 불 수 있는 것이 아니냐? 만약 누군가가 불순한 마음을 먹고 호각을 훔쳐 가면 혈강시까지 빼앗기는 꼴이 될 텐데 말이야."

"감히 누가 그런 마음을 품을 수 있겠습니까?"

"결국은 너희들의 충성심에 기댈 수밖에 없다는 말이로군."

"그게 아니라……."

혈포인은 갑자기 불길한 생각이 들었다.

적혼이 왜 이런 말을 할까?

"혈강시를 데려오너라."

"예!"

측근 하나가 대전 밖에 서 있던 혈강시를 데리고 들어왔다.

적혼은 혈강시가 걸치고 있는 장포 곳곳이 찢어진 것을 보며 미간을 좁혔다.

"황금상단에 꽤 강한 놈이 있었던 모양이군."

"예."

혈포인은 즉각 설무진에 대해 말을 늘어놓았다. 말이 끝나자 적혼이 의자에 깊숙이 몸을 묻으며 혈포인을 내려다봤다.

잠시 정적이 흐르는 동안 혈포인은 알 수 없는 불안감에 휩싸여 갔다.
 정적은 오래가지 않았다.
 "수고했다. 그만 돌아가서 쉬도록 하거라."
 "존명!"
 혈포인이 머리를 조아리고는 대전의 문을 향해 돌아섰다.
 그때였다.
 장승처럼 서 있던 혈강시가 돌연 눈에서 혈광을 번뜩이더니 혈포인의 머리를 움켜쥐었다.
 콱!
 "컥!"
 적혼의 입가에 냉혹한 미소가 떠올랐다.
 "네가 저놈을 부릴 주문을 알고 있으니 어쩌겠느냐. 너를 믿어야겠지만 본 좌의 마음이 그리 넉넉지 못함을 원망해라. 다만 너의 공을 인정하여 가족들에게는 후한 상을 내려 주마."
 "주, 주군! 왜 이러시……."
 퍼석!
 혈포인의 머리가 혈강시의 손안에서 무참히 부서졌다.
 하지만 대전의 누구도 눈 하나 깜박이지 않았다.
 적혼은 두 손을 포개며 미간을 찡그렸다.

"생각지도 못한 약점이 존재했었군."

* * *

며칠 후 철혈가.
"이게 그렇게 비싸단 말이지?"
"예. 색목국이나 동영 쪽에서는 금보다 더 비싸게 팔린다고 합니다."
연후는 탁자 위에 놓여 있는 자그마한 금강석이 마냥 신기했다. 이 자그마한 것이 뭐가 그렇게 대단한지 그저 놀라울 따름이었다.
송영이 말을 이었다.
"제가 일단 가공을 해 보겠습니다."
"너는 언제 이런 걸 배웠지?"
"소싯적에 사부님을 따라 서역에서 잠시 살았던 적이 있는데, 그때 배웠습니다. 제가 좀 손재주가 좋지 않습니까."
송영의 손재주는 당연히 인정하고 있었다.
"한번 잘 만들어 봐."
"옙!"
송영이 금강석을 들고 나갔다.
그리고 며칠 후 완성된 것을 들고 연후의 거처를 찾았다.

"일단 가주님께 드릴 요량으로 목걸이를 한번 만들어 봤습니다."

촤르륵.

송영이 목걸이를 탁자 위에 올렸다.

금으로 만든 줄에 금강석을 달아 놓은 것인데, 영롱한 광채가 흘러나오는 것이 원석일 때와는 차원이 다른 아름다움과 신비함을 품고 있었다.

"여인들이 꽤 좋아하겠군."

"거의 뭐, 환장한다고 보시면 될 겁니다. 서역에서는 이것 때문에 전쟁을 벌인 국가들도 있습니다."

"이렇게 만들면 얼마나 받을 수 있지?"

"최소한 은자로 오천 냥은 족히 받을 수 있을 겁니다. 금도 꽤 들어갔거든요. 게다가 금강석을 다룰 줄 아는 사람이 극히 드문 까닭에 세공비가 어마어마합니다."

"……."

기가 막힐 노릇이었다. 금이라고 해 봤자 얼마 들어가 지도 않은 것 같은데 은자로 오천 냥씩이나 하다니.

"철우."

"예."

"이 녀석한테 금강석을 다루는 법을 배우도록 해. 너희 모두."

"알겠습니다."

"나도 틈날 때마다 배워 보도록 하지."
송영이 씩 웃었다.
"제가 좀 엄격한데…… 괜찮겠습니까?"
딱!
"큭!"
철우가 송영의 뒤통수를 쥐어박았다.
"공력이 심후할수록 유리하다고 했나?"
"예."
"그럼 빨리 배울 수 있겠군."
"……예."

송영은 말처럼 쉽지 않다는 말을 하려다가 입을 다물었다. 그랬다가는 한 대 더 쥐어 터질 게 뻔했다.

철우가 말했다.

"잘만 하면 어마어마한 돈을 벌 수 있겠습니다."
"돈이야 많을수록 좋은 법이지. 그나저나 지시한 건 해 뒀나?"
"예. 육손이 놈들에게 만리추종향을 뿌려 놓았습니다. 효능이 일 년이나 간다고 하니 원하시면 언제든 행방을 찾아낼 수 있을 겁니다."

사실 연후는 설무진과 용천에게 만리추종향을 뿌려 놓을 것을 지시했었다.

이유는 단지 느낌이 이상해서였다.

좌르륵.
연후는 목걸이를 들고 일어섰다.
"가주께 가시겠습니까?"
"만들었으니 전해 줘야지."

* * *

 동방리의 얼굴이 다소 초췌했다. 많은 사람들에게 세심하게 의술을 가르치다 보니 심신이 피곤했던 까닭이다.
 오늘도 수업은 계속되었고, 황태는 맨 앞자리에서 누구보다 열심히 경청하고 있었다.
 서령도 있었지만 그녀는 팔짱을 한 채로 기둥에 기대어 사람들을 지켜볼 뿐, 수업에는 관심이 없어 보였다.
 "내일은 직접 약초를 캐고 침술 실습을 할 거예요. 매우 중요한 수업이니 한 분도 빠짐없이 참석하도록 하세요."
 "예!"
 황태가 물었다.
 "약초는 산에 가서 우리가 직접 캐는 거요?"
 "그럼요."
 "알겠소."
 황태를 비롯한 모두가 물러가자 서령이 다가왔다.

"피곤하지 않으세요?"

"조금 그렇긴 한데 열정적으로 배우려 하는 모습을 보면 피곤한 것도 잘 모르겠어요."

"고마운 걸 알기나 할까 몰라."

심드렁한 표정을 짓는 서령을 향해 동방리가 빙그레 웃어 보였다.

"제가 좋아서 하는 일이에요."

그때였다.

서령이 뒤를 돌아보고는 미간을 찡그렸다.

"호랑이도 제 말을 하면 온다더니……."

연후가 들어서고 있었다.

동방리가 자리에서 일어나 머리를 숙였다.

"어서 오세요."

"수업은 끝났소?"

"예. 내일 실습이 있는 관계로 오늘은 조금 일찍 마쳤어요."

연후는 피곤함이 물씬 묻어나는 동방리의 얼굴을 보며 미안한 마음이 들었다.

영단을 통해 공력이 늘었음에도 이렇게 피로를 느낀다는 건, 그만큼 열성적으로 사람들을 가르친다는 것을 의미했다.

연후는 품속에서 목걸이를 꺼내어 내밀었다.

"선물이오."

"……예?"

서령이 고개를 쭉 내밀며 눈을 동그랗게 치떴다.

"광산에서 가져온 것으로 한번 만들어 보라고 했는데, 마음에 들까 모르겠소."

"예뻐요. 정말 예뻐요."

서령이 조금은 심드렁한 투로 물었다.

"저기 반짝거리는 건 뭐죠?"

"금강석이다."

"……금강석을 저렇게 정교하게 깎았다고요?"

"이런 쪽에 재주가 있는 녀석이 있어서."

서령이 갑자기 표정이 변했다.

"누가 광산을 발견했죠?"

"또 확인받고 싶나?"

스윽.

서령이 손을 내밀었다.

"나도 하나 만들어 줘요. 같은 모양으로 하면 가주님이 기분 나쁠 테니 다른 모양으로요. 이 정도 요구를 할 자격은 있잖아요?"

"……."

"그럼요. 만들어 주실 거예요."

"며칠…… 기다려라."

"기대하고 있을게요."
연후는 거처로 돌아가면서 철우에게 물었다.
"더 가져온 게 있나?"
"예. 몇 개 더 가져왔습니다."
"송영에게 제대로 만들어 주라고 해. 딴소리 안 나오게."
"알겠습니다."
연후는 목걸이를 받고 좋아하는 동방리를 떠올리며 흐릿하게 웃었다.
'더 화려하게 만들어도 괜찮을 것 같은데……'

* * *

"역시 중원은 소문만큼이나 멋들어진 곳이군."
중원의 산야(山野)를 응시하며 탄성을 발하는 미청년. 화려한 적발(赤髮)에 우뚝 솟은 콧날, 그리고 보석처럼 빛나는 벽안(碧眼)은 여인의 방심을 울리고도 남을 만큼 절륜했다.
햇빛에 반사되어 찬란한 빛을 뿌리고 있는 검은 청년의 용모만큼이나 화려했다.
"흠…… 그나저나 이 넓은 땅덩어리에서 설무진, 그놈을 찾으려면 고생 꽤 하겠군."
그때였다.

캬르릉!

적발 청년의 품속에서 짐승의 머리가 불쑥 튀어나왔다. 은색으로 빛나는 아주 작은 여우였다.

적발 청년이 여우의 머리를 쓰다듬으며 웃었다.

"네 녀석만 믿는다."

캬릉! 캬릉!

"소궁주, 곧 날이 저물 것 같으니 서둘러 저 산을 넘어가야 합니다. 저 산만 넘어가면 도시가 나오니 그곳에서 밤을 보내시지요."

한 장한이 굵직한 목소리로 말했다. 그는 적발 청년과는 달리 중원인의 모습을 하고 있었다.

적발 청년이 장한을 돌아보며 씩 웃었다.

"오랜만에 고향에 돌아오니 어때?"

"제겐 북해가 고향입니다. 중원은 더 이상 의미가 없는 곳입니다."

"나 듣기 좋으라고 하는 소리냐?"

"아닙니다."

"알았어. 알았으니 어서 가 보자고."

적발 청년이 앞서 걸었다.

그 뒤를 장한과 두 명의 청년이 따랐다. 두 명의 청년도 장한과 마찬가지로 흑발에 검은 눈동자를 지니고 있었다.

"이곳이 북부무림의 영토가 어디서부터 시작되지?"

"저 산을 넘어가면 북부무림의 영토입니다."

"놀랍군. 일개 무가의 영토가 이곳에까지 미치다니 말이야."

"북부무림의 영토는 이전보다 훨씬 더 넓어졌습니다. 서북무림을 병합했으니까요."

"그곳의 주군이 아주 젊은 사람이라지?"

"예. 듣기로 서른이 채 안 되었다고 했습니다. 하지만 당대의 중원무림에서 가장 뜨겁고 유명한 자입니다."

"그 나이에 두 세력의 주군이 되었으니 당연히 그렇겠지. 궁금해. 과연 어떻게 생겨 먹은 인물일까? 정말 소문처럼 포악하고 대단한 인물일까?"

"그자가 아무리 대단해 봤자 소궁주에 비하면 달빛 아래를 날아다니는 반딧불에 불과합니다."

장한의 그 말에 적발 청년이 피식 웃었다.

"그만해. 닭살 올라온다."

적발 청년은 빠르지도 느리지도 않은 속도로 걸었다. 하지만 놀랍게도 일각이 채 지나지도 않았는데 벌써 산의 초입으로 들어서고 있었다.

그리고 얼마나 흘렀을까?

산을 넘어선 적발 청년이 눈앞에 펼쳐져 있는 도시를 바라보며 탄성을 발했다.

"멋지군. 역시 중원이야."

"머지않아 소궁주께서 다스릴 곳입니다."

"입은 삐뚤어져도 말은 바로 하라 했다. 내가 아니라 사부님께서 다스릴 곳이야."

"……죄송합니다."

그때 청년 두 명이 앞으로 나섰다.

"저희들이 먼저 가서 머물 곳을 잡아 놓겠습니다."

"돈 좀 넉넉하게 가져왔지?"

"예, 소궁주."

"그럼 가장 크고 화려한 곳으로 잡아."

"존명!"

청년들이 바람처럼 달려 나가자, 적발 청년은 품속에서 작은 유리병을 꺼내 입으로 가져갔다.

바람을 타고 향긋한 냄새가 퍼져 나갔다.

적발 청년은 조금 남은 것을 여우에게 먹이고는 다시 걷기 시작했다.

그러기를 얼마나 지났을까?

캬릉! 캬릉!

여우가 품속을 빠져나와 달리기 시작했다. 적발 청년의 두 눈에 기광이 번뜩였다.

"뭐야, 벌써 찾아낸 거야?"

팡!

공간이 일그러지는 현상에 이어 청년이 여우를 쫓아 움

잔혹한 경고 〈71〉

직였다. 그 뒤를 쫓아가는 거한의 눈동자에 감탄의 빛이 들어찼다.

잠시 후 여우가 멈춘 곳은 금방이라도 쓰러질 것처럼 낡은 관제묘였다.

장한이 소리 없이 검을 뽑았다.

"도로 집어넣어."

"……예?"

"저 안에 있었다면 저 녀석의 울음소리만 듣고도 벌써 뛰쳐나갔겠지."

쾅!

적발 청년이 문을 걷어차고 안으로 들어갔다. 과연 안에는 아무도 없었다.

적발 청년은 관제묘 안을 돌아다니며 킁킁거리기 바쁜 여우를 안아 들었다.

"놈들이 이곳에 머물렀던 모양이군. 어쨌든 정확한 길을 쫓아오고 있으니 조만간에 잡을 수 있겠어. 후후후."

* * *

북부의 철광산에서 하루 떨어진 곳에 위치한 도시의 저잣거리.

설무진은 그곳의 한 객잔에서 용천과 식사를 하며 술잔

을 기울였다. 모처럼의 제대로 된 음식과 술에 용천의 입이 귀밑까지 찢어졌다.

"역시 언제 먹어 봐도 중원의 음식은 끝내주는 것 같습니다."

"천천히 먹어라. 체한다."

"옙!"

설무진은 요리보다는 술잔을 자주 기울였다. 용천이 그런 설무진을 빤히 쳐다보다가 넌지시 물었다.

"후회되십니까?"

"뭐가."

"왕 단주의 제안을 거절하신 거 말입니다. 한 달에 은자 삼천 냥이면 우리 부족에게도 큰 도움이 될 텐데……. 왜 거절하신 겁니까?"

"최소 일 년이라고 하는 거 들었잖아."

"뭐, 몇 달만 하고 돈만 챙겨서 떠나면 그뿐이지 않습니까?"

"빙궁 놈들처럼 살고 싶은 거냐?"

"……그럴 리가요."

"그럼 그따위 못된 생각은 하지도 마라."

"……예."

왕적은 설무진이 계속해서 자신의 제안을 거절하자, 한 달에 은자 삼천 냥이라는 파격적인 제안까지 건넸다.

하지만 최소 일 년은 일해야 한다는 조건이 붙어 있는 탓에 설무진은 이를 거절할 수밖에 없었다.

쪼르륵.

탁!

설무진은 거푸 술잔을 비우고 고기 한 점을 입안에 털어 넣었다.

용천이 다른 말을 꺼냈다.

"정말 북부에 터전을 잡는 것이 괜찮을까요?"

"또 그 소리냐?"

"보셨잖습니까? 이백여 명을 눈 하나 깜박이지 않고 죽이라고 하는 것을요."

"처음엔 나도 과하다 생각했다. 하지만 생각을 해 보니 그자의 결정이 옳은 것 같다는 생각이 든다. 내가 이 땅의 주인이라도 다른 도적들에게 경고하는 차원에서라도 그런 명령을 내렸을 거다."

"그렇긴 하지만……."

그때였다.

술잔을 들고 창밖을 응시하던 설무진의 두 눈이 한순간 일그러졌다.

"저놈들이 어떻게 이곳까지……."

저잣거리로 들어서는 두 청년.

비범한 기운을 제외하면 특별할 것도 없는 그들이 설무

진의 두 눈을 비수처럼 파고들었다.

용천도 뒤늦게 청년들을 발견하고는 낯빛이 굳어졌다.

"우리를…… 쫓아온 걸까요?"

"아니면 저놈들이 이곳에 올 이유가 없지 않느냐."

"하면 소궁주, 그 개자식도 왔겠군요."

"그렇다고 봐야지."

벌컥벌컥!

탁!

설무진이 술을 병째 들이켜고는 일어섰다.

"일어나라."

"어디로 가십니까?"

"이 먼 곳까지 우리를 쫓아왔다면 분명 설호(雪狐)를 데리고 있을 거다. 너도 알지 않느냐. 놈들이 설호를 어떻게 사육하는지."

"빌어먹을……."

용천의 얼굴이 딱딱하게 굳어졌다.

설호는 은빛 털을 가진 여우를 말한다. 북해에서는 영물로 통하는 희귀한 짐승인데, 빙궁은 설호를 아주 잔혹한 방법으로 사육한다.

잔혹한 방법이란 바로 인육을 먹이는 것이다. 그것도 철인족의 인육을.

때문에 설호는 철인족의 특유의 체향과 피 냄새를 영원

히 잊지 않고 기억하며, 빙궁은 이러한 능력을 바탕으로 철인족을 쫓을 때 설호를 이용했다.

"일단 최대한 멀리 벗어나야 한다. 그런 다음 따돌릴 방법을 찾아볼 수밖에."

"방법은 있습니다."

"……뭐?"

"황금상단으로 가시죠? 그들과 함께하면 자연스럽게 이곳저곳을 다니게 될 테고, 돈까지 벌 수 있습니다. 그리고 최악의 경우…… 황금상단이라는 막강한 힘을 이용할 수도 있지 않겠습니까?"

"좋은 생각이다만 황금상단이 우리를 지켜 주진 못한다. 봤지 않느냐. 혈강시라는 괴물 하나도 감당하지 못해 쩔쩔매는 모습을……."

용천이 고개를 저었다.

"황금상단의 뒤에는 북부무림이 있지 않습니까? 대장도 보셨잖습니까? 북부의 주군과 황금상단의 단주가 막대한 규모의 거래를 하고 있다는 것을요."

"……."

"황금상단은 상단이 위험에 처했을 때, 분명 북부에 도움을 청할 겁니다."

일리가 있는 말에 설무진은 마음이 흔들렸다.

용천이 다그쳤다.

"지금은 찬물, 더운물 가릴 때가 아닙니다. 이용할 수 있는 것은 무엇이든 이용해야 합니다. 우리 부족을 위해서라도 말입니다."

부족이 언급되자 설무진은 눈빛을 떨었다.

"대장!"

"알았다. 네 말대로 하겠다."

"그럼 빨리 광산으로 가시죠. 황금상단이 물건을 싣고 떠나기 전에 도착해야 합니다."

척!

설무진이 용천의 어깨에 손을 얹었다.

"많이 성장했구나, 용천."

"다 대장님 덕분입니다."

설무진은 히죽 웃는 용천의 어깨를 다독거려 주고는 창밖을 돌아봤다.

마침 두 청년이 맞은편에서 조금 떨어진 곳에 위치한 객잔으로 들어가고 있었다.

"서두르자."

"예."

객잔을 나선 설무진과 용천은 북부의 철광산을 향해 몸을 날렸다.

둘이 사라지고 얼마 지나지 않아 금발 청년과 장한이 저잣거리로 들어섰다.

"이 녀석이 조용한 것을 보니 이 도시에는 놈들이 없는 모양이군."

금발 청년도, 설무진도 몰랐다. 아주 간발의 차이로 설호의 후각이 미치는 거리에서 벗어났다는 것을.

* * *

끼아악!

육손이 날아오는 독수리를 향해 손을 뻗었다.

독수리는 그의 팔뚝에 사뿐히 내려앉았다. 그러고는 마치 대화를 하듯 육손에게 몇 차례 울어 대더니 다시 날아올랐다.

"광산에 다시 돌아왔다고?"

육손은 고개를 갸웃하고는 연후의 거처로 향했다.

철우가 문 앞에 서 있었다.

"보고드릴 게 있는데요?"

"수련 중이시니 내게 말해라."

"그 잘생긴 친구들이 광산으로 돌아왔습니다. 왕 단주의 제안을 거절하고 황금상단을 떠난 줄 알았는데, 왜 다시 돌아왔을까요?"

"생각이 바뀌었겠지."

"하긴 한 달에 은자 몇천 냥이 작은 돈은 아니니까요.

그나저나 확실히 좀 수상하긴 합니다. 자기들 입으로 낭인이라 해 놓고 그 거금을 거절하다니요."

"힘도 숨기고 있었다."

"역시 형님도 그렇게 보셨군요."

"독수리는?"

"그 친구들에게 다시 보내 놓기는 했는데…… 황금상단하고 같이 떠나면 그땐 불러들여야겠죠?"

"그건 주군께 여쭤봐야지."

"옙. 그럼 나중에 다시 오겠습니다."

육손이 돌아가고 반 시진쯤 지났을 때 연후가 문을 열고 나섰다.

"육손이 다녀갔습니다."

"무슨 일이라도 있었나?"

"그 친구들이 광산으로 돌아왔다고 합니다. 아무래도 왕 단주의 제안을 받아들인 모양입니다."

"잘됐군. 황금상단과 함께 움직이면 그만큼 지켜보기가 수월해질 테니까."

"독수리는 불러들입니까?"

"다른 독수리들 조련이 끝났으니 한 놈은 계속 붙여 두도록 해. 그리고 황금상단에 나가 있는 우리 측에도 그들을 살펴보라 전하고."

"놈들을 왜 그렇게 수상히 여기십니까?"

"말했잖아. 직감이라고."
"알겠습니다."
"대장간으로 간다."
"예."

연후는 저잣거리로 향했다.

그는 저잣거리에서 운용하고 있는 대장간에 각별한 관심을 보이고 있었다.

철혈가 내에 있는 대장간보다 규모가 더 크고, 인력도 많이 투입을 한 덕분에 생산되는 양에서도 확연한 차이가 있었다.

철우가 나란히 걸으면서 말했다.

"세상이 너무 조용한 것 같습니다. 서문회가 실각을 한 이후 꽤 혼란스러워질 거라고 봤는데 말입니다."

"눈치를 보고 있겠지. 아직은 대지존이 아무런 움직임도 보이지 않고 있으니까."

"조만간 대관식이 열리면 그때 과연 다 들어올까요?"

"물론이다. 대지존이 어떤 생각을 갖고 있는지 모르는 상황에서 괜히 빠졌다가 어떤 불이익을 당할지 모르니 불참은 쉽지 않을 거다."

둘은 나란히 도시로 향했다.

그렇게 얼마나 걸었을까?

"주군!"

뒤에서 서백의 외침이 들렸다. 연후는 걸음을 멈추고 뒤를 돌아봤다.

서백이 바람처럼 날아와 그의 앞에 떨어져 내렸다.

"우문 련주에게서 온 전서입니다."

연후는 서백이 내민 전서를 펼쳤다.

우문적은 옛 황하수련의 총단으로 떠났다. 아직 시간이 얼마 지나지 않은 까닭에 도착을 하려면 며칠은 더 걸릴 텐데 전서를 보냈다는 것은 필시 무슨 일이 벌어진 것이리라.

아니나 다를까.

정체불명의 놈들에게 쫓기고 있소. 어딘지 모르겠지만 아예 작정을 하고 보냈는지 하나같이 강한 놈들이라 총단에 도착하려면 꽤 시간이 지체될 것 같소. 기다릴까 싶어서 전서를 보낸 것이니 사람을 보내거나 하지는 마시오. 이 정도는 나 혼자서 충분히…… 後略.

'그렇게 고집을 부리더니…….'

연후는 우문적이 떠날 때 병력을 붙여 주겠다고 했다. 하지만 우문적은 한사코 혼자 가겠다며 고집을 부렸다. 지금부터라도 제대로 된 련주의 모습을 보이려면 모든 것을 혼자서 해내야 하지 않겠냐면서.

심지어 같이 가겠다는 황태조차 뿌리친 우문적이었다.
"안 좋은 일입니까?"
연후는 대답 대신 전서를 건넸다. 전서의 내용을 확인한 철우가 미간을 좁혔다.
"어딘지 장소도 적어 놓지 않았군요."
"최소한의 자존심이라고 봐야겠지."
"괜찮을까요?"
"도와줄 방법이 없으니 믿고 기다려 보는 수밖에."
연후는 다시 걸었다.
가면서 불안한 느낌을 지울 수가 없었다.
우문적의 능력을 믿고 싶었지만, 혈가가 작정하고 그를 노리는 것이면 헤어 나오기가 결코 쉽지 않을 것이다.
만에 하나 우문적을 노리는 쪽이 혈가이고, 혈강시가 쫓고 있다면 상황은 최악으로 치닫게 될 터였다.
물론 혈가가 아닐 수도 있었다.
일단 용의선상에 올려 둘 수 있는 곳은 혈가, 전가, 월가였다. 검가와 귀령가가 그럴 리는 없을 테니까.
'백야벌 내에서 대지존의 정적들은 나를 견제할 목적으로 우문적의 복귀를 쉽사리 허락했다. 그런데 세 가문 중 우문적의 복귀를 달리 보고 있는 곳이 있다는 건가? 하지만 만약 그들도 아니라면······.'
백야벌과 팔대가문, 그들이 아닌 제삼의 세력이 움직인

것이라면 상황은 더욱더 복잡해질 수밖에 없었다.

날 믿어 줘서 고맙소.

떠날 때 우문적이 지어 보였던 미소가 머릿속에서 떠나지를 않았다.

* * *

쏴아아!
폭우가 서쪽 지방을 집어삼켰다.
맹렬히 퍼붓는 빗줄기는 어지간한 사람은 숨도 제대로 쉴 수 없을 만큼 강력했다.
꽈르릉!
쩌저적!
천둥벼락이 쉴 새 없이 몰아쳤고, 강풍까지 더해지면서 우문적의 발길을 무겁게 만들었다.
"후욱."
지친 것일까?
우문적은 거칠게 퍼붓는 빗줄기를 고스란히 얻어맞으면서 풀밭에 벌러덩 누웠다.

철퍼덕!

그런 그의 몸 곳곳에서 선혈이 비쳤다. 큰 부상은 아니었지만 시간이 지나면서 통증이 심해졌다.

우문적은 품속에서 목합을 꺼내어 그 속에 들어 있던 환을 하나 입속으로 털어 넣었다.

내가 직접 만든 건데, 혹시라도 일이 생겨 부상을 입으면 통증을 없애는 데 도움이 될 거요. 물론 그런 일이 벌어지지 않아야겠지만.

우문적은 자신이 직접 만들었다며 자신만만하게 목합을 건네던 황태를 떠올리며 흐릿하게 웃었다.

'그냥 같이 올걸.'

황태와의 정이 제법 깊었다. 동병상련의 처지라 보다 쉽게 가까워진 탓이리라.

쏴아아!

우문적은 입을 벌려 빗물로 갈증을 해소했다.

그러기를 일각쯤 지났을까. 통증이 가시면서 체력도 어느 정도 회복이 되자 우문적은 다시 걷기 시작했다.

'놈들은 내가 옛 총단으로 가는 것을 알고 있다. 보나 마나 가는 길목 곳곳에 다른 놈들이 나를 기다리고 있겠지.'

그래서 우문적은 우회를 선택했다.

시간이 걸릴지라도 최소한의 위험은 피하는 것이 낫다는 판단에서였다.

꼬르륵.

통증이 사라지자 허기가 밀려들었다.

한바탕 격전을 벌인 후 쫓기기 시작한 지 벌써 사흘째. 그동안에 먹은 것이라고는 빗물이 전부였다.

꽈르릉!

쩌저적!

벼락이 멀지 않은 곳에서 거미줄처럼 얽히며 떨어졌다.

그 순간 우문적의 두 눈이 빛을 번뜩였다. 벼락이 떨어진 곳에서 튀어나오는 멧돼지 한 마리를 본 것이다.

'하늘이 나를 버리진 않았구나.'

우문적의 손에서 다섯 줄기 혈광이 일어났다. 혈광은 정확하게 멧돼지의 정수리를 꿰뚫었다.

퍼퍼퍽!

꾸에엑!

구슬픈 비명과 함께 꼬꾸라진 멧돼지가 몇 번 펄떡이고는 축 늘어졌다.

스르릉.

우문적은 검을 뽑아 뒷다리 하나를 잘랐다. 그리고 주변을 살펴보다가 멀지 않은 곳에 있는 자그마한 동굴을 발견하고는 그곳으로 몸을 날렸다.

그리고 잠시 후.

우문적이 멧돼지를 사냥한 곳에서 삼백 장가량 떨어진 곳에서 두 명의 흑포인이 숲을 헤치며 모습을 드러냈다.

죽은 자의 그것처럼 파리한 안색에 은은한 청광을 머금은 두 눈은 마치 귀화(鬼火)를 보는 듯했다.

그들은 우문적이 지나간 길을 정확하게 좇고 있었다.

흔적을 좇아 주변을 살필 때마다 청광이 짙어졌다 옅어지기를 반복했다.

"잠깐."

한 흑포인이 걸음을 멈추며 좌측을 돌아봤다. 그곳에 다리 하나가 사라진 멧돼지의 사체가 피를 흘리며 나뒹굴고 있었다.

멧돼지를 살피던 흑포인이 머리를 가리켰다.

"지풍에 당했다. 그것도 조금 전에."

"이 근처에 있겠군."

다른 흑포인이 주변을 살피며 안광을 번뜩였다. 그러다가 자그마한 동굴을 발견하고는 동료의 어깨를 건드렸다.

"저기."

"멍청이가 아니면 사냥을 한 흔적을 고스란히 내버려 두고 저곳으로 가지는 않았을 거다."

"그렇군."

"추적을 방해하기 위한 수작이니 그냥 간다."
"그래도 살펴봐야지 않을까?"
"멍청한……. 다른 조에게 공을 빼앗기고 싶나? 지금 이 순간에도 다른 조들은 공을 세우기 위해 쉬지 않고 움직이고 있다고."

결국 흑포인들은 우문적이 들어간 동굴을 무시하고 서쪽으로 사라졌다.

그 모습을 지켜보는 눈동자가 있었다. 우문적이었다.

그는 생고기를 씹으며 시야에서 멀어지는 흑포인들을 응시하며 차갑게 웃었다.

"나도 한때는 천재 소리를 들었어, 개자식들아."

3장
고맙소, 주군

남곤도 웃었다. 많은 것이 변했지만 웃는 모습은 이전과 그대로였다.

사실 이제는 연후를 하늘처럼 여기고 있는 그였다. 아들 남호가 철혈가에서 수련을 받고 돌아온 이후부터는 충성심이 배가되었다.

자신처럼 해적이 될 운명이었던 아들이 철혈가에서 돌아온 이후부터 눈에 띄게 달라졌고, 지금은 수하들 모두가 우러러 마지않는 지도자로서의 덕목까지 갖춰 가는 중이었다.

아들을 목숨처럼 사랑하는 남곤으로서는 더할 나위 없는 기쁨이었다.

"갑자기 천하가 너무 조용해진 것 같습니다. 솔직히 우리 같은 사람들은 전쟁터가 제격인데 말입니다."

"폭풍전야라고 봐야 할 것이오. 서문회의 실각으로 음지로 숨어든 세력들이 언제 마각을 드러낼지는 아무도 모를 일이니까."

"차라리 빨리 마각을 드러냈으면 좋겠습니다. 그래야 주군께 한층 발전한 수군의 위용을 보여 드릴 수 있지 않겠습니까?"

"허허허!"

남곤의 호기에 배염이 웃음을 터트렸다.

그때였다.

펑! 펑!

갑자기 강 건너 산악지대에서 폭죽 두 발이 터졌다. 적의 출현을 알리는 붉은색 연기를 품은 신호탄이었다.

"우문 련주를 발견한 모양입니다."

"가 보십시다."

"예."

둘은 기다렸다는 듯 강으로 뛰어내렸다.

사실 이틀 전 연후가 전서를 통해 우문적과 관련한 내용을 두 사람에게 전했다. 해서 배염은 정찰 병력을 늘려 우문적이 나타나기를 기다리고 있었다.

* * *

"후욱!"

우문적의 입술을 뚫고 거친 숨이 흘러나왔다.

주르륵.

몸 곳곳에서 피가 흘렀고, 검신에서도 채 식지 않은 피가 흘러내렸다.

"지독한 새끼들……."

뒤를 쫓던 흑포인들이 동굴을 무시하고 지나칠 때까지만 해도 따돌릴 자신이 있었다. 하지만 하루도 채 지나지 않아 꼬리를 밟히고 말았고, 그때부터 이곳까지 오면서 생사의 고비를 수차례나 넘겨야 했다.

다행이라면 드디어 옛 총단의 초입까지 내려왔다는 점이었다.

퉤!

우문적은 피를 뱉어 내고는 뒤를 돌아봤다.

삼십 장 뒤쪽에서 흑포와 혈포를 걸친 자들이 바람처럼 달려오고 있었다.

"빌어먹을……."

쾅!

우문적은 다시 땅을 박차고 뛰어올랐다. 그러고는 곧장 전함이 정박해 있는 곳으로 향했다.

펑! 펑!

머리 위에서 폭죽이 터졌다.

'나를 발견한 건가?'

우문적은 제발 자신의 생각이 맞기를 바라며 전력을 다해 달렸다.

하지만 이미 지칠 대로 지쳐 버린 육신은 마음처럼 잘 움직여 주지 않았다.

쐐액!

등을 향해 날아드는 섬뜩한 기운에 우문적은 그대로 강물 속으로 뛰어들었다.

풍덩!

간발의 차이로 섬뜩한 기운은 그가 있던 허공을 가르고 지나가 강물 위에 포말을 일으키며 소멸되었다.

　퍼퍼펑!

　우문적은 낼 수 있는 최대 속도로 잠영을 이어 나갔다. 물속에서는 누구보다 자신이 있었다.

　다만 바닥이 나 버린 체력이 문제인데, 전함이 있는 곳까지 얼마 남지 않았기에 충분히 자신이 있었다.

　그때였다.

　풍덩!

　뒤쪽에서 물의 진동이 전해졌다. 돌아보니 혈포인 두 명이 잠영을 통해 쫓아오고 있었다.

　'빌어먹을 종자들.'

　혈포인들의 속도는 무시무시했다. 제법 벌어졌던 거리가 순식간에 십 장 안쪽까지 줄어들었다.

　'이대로는 위험하다.'

　체력만 온전했더라면 무시해도 될 거리였다. 하지만 지금은 오히려 더 위험해질 수도 있는 상황이었다.

　결국 우문적은 물 위로 올라섰다.

　촤아악!

　물 위로 솟구쳐 오르기가 무섭게 두 줄기 기운이 날아들었다.

　쐐애액!

우문적은 혼신의 힘을 다해 검을 휘둘러 검막을 일으키며 허공에서 몸을 비틀었다.

꽝!

한 발은 막았다.

하지만 나머지 한 발이 그의 허리를 베고 지나갔다.

퍽!

"큭!"

외마디 신음과 함께 다시 강물로 떨어진 우문적을 향해 물속에서부터 두 줄기 기운이 쇄도해 들었다.

꽈악!

"크아악!"

우문적은 어금니를 악물며 괴성을 질렀다. 동시에 손바닥으로 강물을 후려치며 반력을 이용해 최대한 먼 곳으로 몸을 날림과 함께 좌수를 쭉 뻗었다.

팟!

이번에는 다리에서 피가 튀었다.

스쳐 맞았지만 살이 벌어지며 피가 콸콸 쏟아졌다. 동시에 강 위에서 그를 공격했던 흑포인이 피를 뿌리며 쓰러졌다.

퍽!

"크악!"

풍덩!

우문적은 혼신의 힘을 다해 물 위를 달렸다. 하지만 금방 두 다리가 물속으로 빠져들면서 속도가 확 늘어졌다.

'빌어먹을……'

우문적은 절망하며 눈을 감았다.

삶의 순간들이 주마등처럼 스치며 지나갔다. 마지막은 자신을 향해 손을 내밀던 연후의 얼굴이었다.

'제대로 한번 살아 보고 싶었는데…….'

후회로 가득한 삶이었다.

하지만 연후와 연을 맺으면서 새로운 삶에 대한 희망을 품을 수 있었다.

'저승에서 봅시다.'

퍽!

* * *

"호로 잡놈의 새끼들이 감히 여기가 어디라고 기어 들어와!"

맹수의 울부짖음과도 같은 쩌렁쩌렁한 외침이 삶을 포기했던 우문적의 두 눈을 번쩍 떠지게 만들었다. 뒤이어 뜨거운 피가 그의 얼굴을 덮쳤다.

촤아악!

"우문 련주요?!"

"……!"

우문적은 호랑이처럼 생긴 얼굴 하나가 불쑥 튀어나오자 자신도 모르게 고개를 끄덕였다.

"여봐라! 우문 련주를 모셔라!"

"예!"

촤아악!

강물이 흔들렸다.

뒤이어 끝이 뾰족한 쾌속선 한 척이 우문적을 향해 다가왔다.

배 위에는 철혈이라는 글씨를 수놓은 청포를 걸친 자들이 한가득 타고 있었다.

쐐애액!

퍼퍼퍽!

"우악!"

"크악!"

우문적은 자신을 쫓던 이들이 피를 뿌리며 쓰러지는 광경을 멍하니 바라봤다.

물 위에서, 물속에서 모습을 드러내는 사람들.

그들은 흑포인, 혈포인 가릴 것 없이 무차별적인 공격을 퍼부었다.

개개인의 무위는 흑포인 등과 큰 차이가 없었지만, 그들이 펼치는 합공의 위력은 대단했다. 또한 그들은 물 위에서도 마치 평지를 뛰어다니는 것처럼 움직임이 지극히 자연스러웠다.

특히 그들 중에는 상당한 고수도 여럿 있었는데, 그중 두 명이 위기의 순간에 우문적 앞에 나타났던 남곤과 배염이었다.

"모조리 물고기밥을 만들어 버려!"

뽀글뽀글.

물속에서부터 거품과 함께 피가 올라왔다.

우문적은 강물 속을 내려다봤다. 그 속에 시커먼 그림자 수십 개가 엄청난 속도로 움직이고 있었다.

"가만히 계십시오. 지혈부터 해야 합니다."

"북부의 무사들인가?"

"예. 련주를 도우라는 주군의 명을 받고 이곳에서 대기하고 있었습니다. 이 몸으로 대체 어떻게 버티신 겁니까?"

우문적은 온몸에서 힘이 쫙 빠져나가자 갑판 위에 그대로 드러누웠다.

그러고는 갑자기 대소를 터트렸다.

"으하하하!"

"이러면 지혈이 불가합니다!"

그래도 우문적은 대소를 멈추지 않았다. 그런 그의 뺨을 타고 눈물이 흘러내렸다.

세 번째 삶이 시작된 것이다.

* * *

우문적을 쫓았던 자들이 물러갔다.

몇 명 되지 않을 것 같았는데, 곳곳에서 도주하는 자들의 숫자를 세어 보니 어림잡아 서른 명은 넘어 보였다.

정면 대결을 펼쳤더라면 아무리 수적으로 우세한 북부군이라도 고전을 면치 못했을 터였다.

남곤의 수군이 혁혁한 공을 세운 것이다.

"빌어먹을 새끼들이 많이도 몰려왔네."

남곤이 얼굴에 묻은 피를 닦아 내며 검을 거뒀다.

철컥!

배염이 다가왔다.

"괜찮으시오?"

"멀쩡합니다!"

"수고하셨소."

"총사님이야말로 수고하셨습니다! 으허허허!"

남곤이 대소를 터트리자 배염도 웃음을 지어 보이고는 쾌속선으로 훌쩍 뛰어올랐다.

그는 피투성이가 된 채 치료를 받고 있는 우문적을 응시하며 미간을 찡그렸다. 부상 부위가 많아도 너무 많았던 것이다.

"혼자 저 많은 자들의 추격을 감당하셨소?"

"어쩌다 보니 그렇게 되었소."

"괜찮으시오?"

"죽을 맛이오."

쿵!

남곤이 뛰어올랐다. 그러자 쾌속선이 이리저리 흔들렸다.

우문적은 남곤을 향해 고마움을 표했다.

"구명지은을 입었소."

"별말씀을요. 우린 그저 주군의 명에 따라 움직였을 뿐이오. 그나저나…… 아이고야, 엄청나게 맞으셨네. 쯧쯧쯧."

배염이 명령을 내렸다.

"냉큼 총단으로 모셔라!"

"예!"

촤아악!

우문적은 상당한 속도로 나아가는 배 위에서 총단의 전경을 바라봤다.

이전보다 방어벽이 더 높게 세워져 있고 전함의 숫자도 훨씬 더 늘어났으며, 가장 높은 곳에는 황하수련이 아닌 철혈가의 깃발이 펄럭이고 있었다.

자리는 그대로이나, 자신이 기억하던 황하수련의 총단과는 확연히 다른 모습이었다.

그러나 그러함에도 우문회는 감개가 무량했다.

다시는 돌아오지 못할 곳이라 여겼던 저곳의 하늘에 먹구름이 걷히고 눈부신 태양이 떠올라 있었다.

울컥.

주르륵.

우문적의 뺨을 타고 굵은 눈물이 흘러내렸다.

무슨 말을 하려던 남곤이 눈물을 보고는 입을 꾹 다물었다.

* * *

우문 련주는 무사합니다. 다만 부상의 정도가 심해 한동안 요양을……後略

"쉽게 당할 자가 아니지."

연후는 전서를 내려놓으며 찻잔을 입으로 가져갔다. 하마터면 계획에 차질이 생길 수도 있었던 위기가 무사히 넘어갔다.

철우가 들어섰다.

"전서가 하나 더 왔습니다."

연후는 철우가 건넨 전서를 펼쳤다.
뒤이어 입가에 흐릿한 미소를 머금었다.

고맙소, 주군.

두 번째 전서는 우문적이 보낸 것이었다.
그때 송영이 뛰어 들어왔다.
"주군! 이걸 좀 보십시오!"
송영이 내민 것은 황태가 남긴 쪽지였다.

그 양반 눈빛이 마음에 걸려 아무래도 뒤를 따라가 봐야 할 것 같소. 도착하면 기별할 테니 찾지 마시오.

* * *

황하수련의 총단이 한눈에 내려다보이는 산의 정상에 한 무리의 흑포, 혈포인들이 모여 있었다. 우문적을 쫓던 자들이었다.
실패 후 도주한 자들은 서른 명에 가까웠지만 절반은 다른 곳으로 떠나고 남은 자들은 열다섯 명이 전부였다.
"빌어먹을!"
쾅!

한 혈포인이 노기를 드러내며 발로 땅을 굴렀다.

"물에 익숙한 아이들이 몇 명 되지 않아 어쩔 수 없었습니다. 그에 반해 북부군의 수군은 너무 강력했습니다. 개개인은 몰라도 합공은 속하조차도 감당하기가 힘들 정도였습니다."

"여기까지 오기 전에 놈을 잡았어야 했는데……."

"……."

모두는 침통한 분위기 속에서 수장인 듯한 자를 주목한 채 다음 명령을 기다렸다.

잠시 침묵의 시간이 흐른 뒤에 혈포인이 입을 열었다.

"전가와 혈가의 흔적을 곳곳에 남겨 놓도록 해라."

"염려 마십시오. 이곳까지 오면서 조치를 취해 두었습니다. 누가 발견해도 전가와 혈가가 합심하여 우문적을 쫓았다고 여길 것입니다."

그 말에 혈포인의 눈빛이 조금은 누그러졌다.

"우문적이 통치를 하면 북부나 검가보다는 더 수월할 텐데 굳이 이렇게까지 하는 이유가 무엇인지 궁금합니다."

"우문적은 주군과 견원지간이나 다름없는 자다. 그가 황하수련을 통치하게 되면 우리 월가는 가만히 앉아서 적을 하나 만드는 꼴이 된다."

"아……."

"차라리 북부나 검가가 병합을 했다면 천하의 견제가 그들에게 집중되었을 것이다. 그래서 주군께서는 백야벌에서 우문적의 재집권을 허락했을 때 진노하셨던 것이다."

"속하의 생각이 미처 거기까지는 미치지 못했습니다. 하면 이대로 실패한 채로 돌아가면 주군의 진노가 매우 크실 텐데……."

"불가항력인 걸 어쩌겠느냐. 놈이 중상을 입었으니 회복하지 못하고 죽기를 바랄 수밖에. 그만 돌아간다."

혈포인이 뒤돌아섰다.

하지만 한 걸음도 걷지 못하고 안광을 번뜩였다. 정상으로 올라서는 한 사람이 있었기 때문이다.

"웬 놈이냐!"

혈포인이 싸늘히 외치고서야 다른 자들이 뒤를 돌아봤다. 모두가 반사적으로 대형을 바꾸며 일제히 검을 뽑았다.

채채챙!

혈포인은 눈빛을 떨었다.

상대가 바로 뒤에 나타날 때까지 아무런 기척조차 감지하지 못했다. 작전의 실패로 흥분을 한 것은 결코 핑곗거리가 되지 못했다.

"달빛 아래에서 놀아야 할 놈들이 백주 대낮에 여기서 뭘 하고 계시나?"

"누구냐고 물었다!"

"말해도 몰라, 너희들은."

유령처럼 모습을 드러낸 이는 뜻밖에도 황태였다.

우문적을 쫓아 이곳까지 온 그는 곧장 황하수련의 총단으로 가려다가 한 무리가 이곳에 모여 있는 것을 발견하고는 수상쩍어서 올라온 것이었다.

그러다가 대화를 엿들었는데, 이들이 월가의 살수들이며 우문적을 쫓아 이곳까지 왔음을 알게 되었다.

물론 우문적을 죽이는지 못했다는 것까지.

스르릉.

황태는 검을 뽑았다.

송영이 그를 위해 심혈을 기울여서 만든 검은 광채부터가 섬뜩하기 짝이 없었다.

황태는 검을 들어 혈포인의 미간을 겨누며 싸늘히 웃었다.

"그 양반이 중상을 입었다고?"

혈포인은 대꾸하지 않고 자세를 바꿨다.

그의 좌우로 혈포와 흑포를 걸친 자들이 촘촘히 늘어서며 검진을 형성했다.

"내가 누구 때문에 인연의 소중함을 좀 깨우쳤거든? 그래서 너희들을 그냥 돌려보낼 수가 없을 것 같아. 너희들이 죽이려 한 그 양반이 내 유일한 술친구라서 말이야. 후후후."

웃으며 말하고 있지만 황태는 분노하고 있었다.

'어쩐지 떠날 때 눈빛이 처량하더라니까.'

싸아아.

황태의 전신에서 냉기가 흘러나오기 시작했다. 냉기는 이내 몇 포기 되지도 않는 풀을 하얗게 얼려 놓았다.

짜자작!

흠칫!

혈포인을 비롯한 모두가 흠칫했다. 이런 종류의 가공할 냉기는 지금껏 본 적이 없었다.

"남의 일에 끼어들지 말고 그냥 가던 길이나 가시지."

"귓구멍이 처 막혔나? 방금 말했잖아. 내 유일한 술친구라고."

"……."

팟!

황태가 사라졌다.

그리고 나타난 곳은 혈포인의 코앞이었다.

단 하나의 잔상과 잔영조차 남기지 않은 가공할 속도는 이전의 그보다 더 빨라져 있었다.

꽝!

"억!"

황태의 검을 받아 낸 혈포인이 외마디 신음을 토하며 뒤로 튕겼다.

황태가 재차 움직였다.

그런데 그 대상이 혈포인이 아니라 다른 자들이었다. 혈포인이 튕겨져 나가는 바람에 검진에 균열이 살짝 생긴 틈을 노려 그 속으로 뛰어든 것이다.

그다음은 볼 것도 없었다.

퍼퍼퍽!

"크아악!"

"끄악!"

머리가 날아가고 상체와 하체가 분리되어 떨어져 나가는 동료의 참혹한 죽음에 놀란 다른 자들이 반격을 가했지만, 이번에는 다시 혈포인을 향해 달려드는 황태였다.

번쩍!

섬광을 뿌리며 떨어지는 황태의 검.

혈포인은 혼신의 힘을 다해 황태의 검을 막아 냈다.

꽝!

"크억!"

신음이 아니라 비명이 터졌다.

뒤이어 오른손 팔목에서 피가 솟구치더니 부러진 뼛조각이 장포를 뚫고 삐져나왔다.

혈포인은 필사적으로 바닥을 굴렀다.

삼류들도 수치심 때문에 꺼려 한다는 뇌려타곤의 수법이 그가 할 수 있는 최선의 행동이었다.

이번에도 황태는 다시 다른 자들을 노렸다.

이미 한 번의 공격으로 검진이 흐트러진 까닭에 황태의 가공할 검식은 저승사자의 사망 선고나 다름없었다.

콰지직!

퍼퍽!

"크아악!"

"끄악!"

살육이자 도살이었다.

결코 약하지 않았던 그들이건만 황태에게는 호랑이와 마주친 하룻강아지나 다름없었다.

황태가 강한 것도 있었지만 싸움의 방식이 살수전이 아닌 전면전이기 때문이었다.

살수가 전면전에 약하다는 것은 고금을 이어져 온 정설이었고, 그 정설이 결코 틀리지 않았음을 황태가 보여 주고 있었다.

"으……."

한 흑포인이 귀신을 본 것처럼 신음하다가 황태의 검에 목이 날아갔다.

퍽!

"크악!"

그때였다. 부상을 입고 뒤로 물러섰던 혈포인이 땅을 박차고 뛰어올라서는 뒤쪽으로 빠져나갔다.

"꿈 깨라."

슈아악!

황태의 검이 그의 손을 떠나 허공을 가르며 날아갔다. 검은 정확하게 혈포인의 뒤통수를 뚫고 지나가 그 앞의 암벽에 박혔다.

퍽!

스슥!

죽은 자들의 검이 저절로 떠올라 황태의 양손에 쥐어졌다.

카르르…….

황태가 두 검을 교차하자 쇳소리와 함께 불꽃이 일었다. 불꽃이 반사된 황태의 두 눈은 악귀의 그것처럼 혈광을 머금고 있었다.

"한 놈도 살아서는 이곳을 빠져나가지 못한다. 그러니 죽기를 각오하고 덤벼야지. 안 그래?"

씨익.

* * *

우문적의 상태는 생각보다 심각했다.

하지만 특유의 강인한 정신력과 강철 같은 근골 덕분에 목숨이 위중한 정도는 아니었다.

하지만 제아무리 강인한 정신력을 지녔더라도 통증 앞에서는 어쩔 도리가 없었다.

"빌어먹을……."

주르륵.

우문적의 얼굴이 식은땀으로 흥건했다. 조금 전에 황태가 준 마지막 환을 삼켰지만 효과가 오려면 조금 더 있어야 했다.

총사 배염이 군의를 통해 진통을 해 보려 했지만 다친 곳이 약발이 듣지 않는 곳이 많아서 소용이 없었다.

배염이 침통한 어조로 물었다.

"앵화가루라도 드시겠소?"

"됐소."

앵화가루는 진통에 즉효를 보인다. 하지만 복용하면 중독이 되는 경우가 많고, 중독이 되면 천하고수도 폐인이 되는 것은 시간문제였다.

그걸 모를 리 없는 배염이지만 달리 방도가 없어 꺼낸 말이었다.

"술 좀 주겠소?"

"……자상에 술은 금물이외다. 상처가 곪으면 돌이킬 수 없게 될 수도 있소이다."

"크윽! 젠장!"

붉어졌던 우문적의 얼굴이 서서히 창백하게 변해 갔

다. 그만큼 통증이 극심했던 것이다.

그때였다.

끼이익.

문이 열리고 누군가 안으로 들어섰다.

무심결에 뒤를 돌아본 배염은 처음 보는 사람이 들어서자 미간을 좁혔다.

"뉘신가?"

"철혈가에서 왔소."

"……"

황태였다.

황태의 얼굴을 모르는 배염은 뒤를 따라 들어선 남곤에게 눈짓으로 물었다.

[주군을 노리고 왔다가 어찌어찌하여 주군가에서 머물게 된 황태라는 사람입니다.]

황태를 본 우문적이 극심한 통증 와중에도 웃었다.

"여긴 어쩐 일이지?"

"걱정이 되어 뒤를 따라왔소. 그나저나 몰골이 참 볼만하오."

"놀리지 마라. 아파서 죽을 것 같으니까."

"내가 준 약은 어쨌소?"

"조금 전에 마지막 남은 걸 먹었는데…… 다친 부위가 지랄 같아서 잘 듣지를 않네."

황태는 배염을 돌아보며 물었다.
"침통 좀 가져다주겠소?"
"군의는 조금 전에 다녀갔소이다."
"군의 말고 침통."
우문적이 히죽 웃었다.
"돌팔이한테 침을 맞긴 싫은데?"
"동방가주한테 진통을 돕는 침술을 배웠소. 효과가 직방이니 조금만 참으시오."
황태는 다시 배염을 응시했다. 배염은 하는 수 없이 부관에게 침통을 가져오라고 지시했다.
황태가 말했다.
"아, 그리고 오다가 놈들을 만났소."
"놈들이라니."
"당신을 쫓던 놈들 말이오."
화악!
일그러졌던 우문적의 눈동자에서 불꽃이 일었다.
"월가 놈들인데, 일이 실패하자 혈가와 전가의 소행으로 돌리려는 수작을 꾸미고 있었소."
"됐고. 죽였나?"
"내가 본 놈들은 다 죽였소. 한 열다섯 명쯤 되려나? 아무튼 술친구로서 도리는 했으니 다 회복되면 술이나 한잔 사시오."

듣고 있던 배염과 남곤이 두 눈을 치떴다.

혼자서 열다섯을 죽였다니.

그리고 그들이 월가의 살수였을 뿐만 아니라, 심지어 혈가와 전가의 소행으로 꾸미려는 수작까지 부렸다니.

[저 양반, 혼자서 주군을 죽이려고 찾아왔다고 들었습니다.]

남곤의 전음에 배염은 그제야 묵묵히 고개를 끄덕였다.

혼자서 연후를 상대하려 했을 실력이라면 월가의 살수 열다섯을 죽인 것이 크게 놀랄 일은 아니었다.

잠시 후 부관이 침통을 갖고 들어섰다.

"상의를 좀 벗겨 주겠소?"

"상의를 벗겨 드려라."

"예."

부관이 우문적의 상의를 벗겼다.

그러자 환부가 드러났다. 대충 봐도 자상을 입은 곳이 다섯 군데는 넘었다.

가장 심한 곳은 옆구리 쪽 자상이었다. 금창약을 바르고 헝겊을 겹겹이 둘러 놓았지만 제대로 지혈이 되지 않아 피가 뚝뚝 떨어지고 있었다.

"심호흡을 하고 온몸에서 힘을 빼시오."

"그거…… 한 번이라도 놓아 본 적이 있느냐?"

"오늘이 처음이오."
"……뭐?"
"겁나시오?"
쫘악!
우문적이 어금니를 악물며 질끈 눈을 감았다.
"빌어먹을……. 병신 되면 알아서 해라."

* * *

 중원무림 정복이라는 대망을 이루고자 야심 차게 침공을 도모했다가 적랑단으로 하여금 황도를 공격케 한 연후의 계책에 말려 실패의 쓴맛을 보고 돌아가야 했던 대막무림.
 중원과의 전쟁에서 조카이자 부원수인 태무령까지 잃은 대원수 태무광은 복수를 위해 다시 침공의 칼날을 갈았다.
 병사들에게 큰 존경을 받았던 태무령이었기에 그의 죽음에 병사들도 훈련을 쉬지 않으며 태무광의 진격 명령이 다시 떨어지기만을 기다렸다.
 두두두!
 뿌우웅!
 둥둥둥!

공격 신호, 방어 신호가 한데 뒤섞인 가운데 수만의 기병들이 흙먼지를 일으키며 일사불란하게 움직이는 광경은 보는 이로 하여금 모골이 송연해질 정도로 파괴적이었다.

조부 서문회를 찾아 대막으로 올라온 서문추는 대막 기병의 훈련 모습을 지켜보며 눈빛을 가라앉혔다.

"엄청나군. 이게 진정한 대막의 힘인가?"

"저 기병의 힘으로 대막의 선조들이 한때 대제국을 건설했지 않습니까."

부관의 말에 서문추는 미간을 좁혔다. 뒤이어 냉소적인 반응을 쏟아 냈다.

"그래 봤자 이연후, 놈의 계략에 힘없이 물러갔지 않느냐."

"공자, 누가 들으며 어쩌시려고……."

"너와 나밖에 없는데 무슨 걱정이냐."

어쩐지 대막군을 바라보는 서문추의 표정은 달갑지 않은 듯했다. 간간이 감탄을 드러내긴 했지만 때때로 머금는 미소는 비웃음에 가까웠다.

서문추는 시선을 돌려 남쪽 하늘을 바라봤다.

"도대체 어디에 계신 건지……."

아련함이 내려앉는 서문추의 눈동자.

그랬다. 서문회가 갑자기 사라졌다. 잠시 다녀올 곳이

있다면서 떠난 이후로 지금껏 돌아오지 않고 있었다.

'누구도 조부를 어쩌지 못한다. 하면 필시 다른 계획을 준비하고 계실 터.'

서문회의 강력한 무력을 누구보다 잘 알고 있었기에 화를 당했다는 생각은 한 번도 해 본 적이 없었다.

다만 자신이 이곳에 와 있음을 알 텐데 아무런 기별조차 없다는 점이 섭섭할 따름이었다.

그때였다.

두두두!

한 기의 인마가 질풍처럼 달려왔다.

"훈련에 참가하라는 대원수의 명령이 계셨소!"

"우리더러 훈련에 참가하라고?"

"그렇소!"

서문추의 얼굴이 일그러졌다.

지금껏 훈련에 참가를 한 적이 없었다. 또한 누구와도 어울리지 않고 독자적인 공간에서 머물러 왔던 서문추와 휘하의 병력이었다.

부관이 전음을 날렸다.

[대원수의 명이면 따라야지 않겠습니까?]

"빌어먹을……."

"뭐요?"

부관이 황급히 나섰다.

"아, 아닙니다! 곧 훈련에 참가할 테니 잠시만 기다려 주십시오!"

"늦으면 곤란한 일이 벌어질 수도 있음을 명심하는 게 좋을 거요."

대막의 기병이 말머리를 돌려 돌아가자 서문추는 분을 이기지 못하고 발로 땅을 굴렀다.

쿵!

"우리가 왜 대원수의 명령을 들어야 한단 말이냐!"

속이 여물지 못한 서문추의 약점이 그대로 드러나고 있었다. 호기는 넘쳤지만 쉽게 흥분하고, 한 번 흥분하면 쉽사리 가라앉지 않는다는 점이 그가 지닌 최대의 약점이었다.

"공자, 지금은 숙여야 할 때입니다. 원주께서 돌아오시면 그때 모든 것이 다 잘될 것입니다."

서문추는 흙먼지로 가득한 대평원을 응시하며 지그시 입술을 깨물었다.

"가자."

"예."

* * *

혈광이 은은히 깔린 석실.

한가운데에 석대가 우뚝 솟아 있었고, 그 위에 한 인물이 가부좌를 튼 채 앉아 있었다.

호흡을 할 때마다 실내를 가득 채운 핏빛 연기가 코로 들락거리기를 잠시, 감았던 눈이 떠지자 한순간 핏빛 광채가 뿜어져 맞은편 석벽을 붉게 물들였다.

잠시 후 혈광을 뿜었던 눈동자가 호수처럼 깊게 가라앉으며 입술을 통해 한 줄기 숨결이 흘러나왔다.

"후욱."

잠시 후 핏빛 연기가 걷히면서 드러난 얼굴은 놀랍게도 장로원주 서문회였다.

마치 고승의 그것처럼 깊게 가라앉았던 두 눈이 한순간 흔들린 것은 단전의 상태를 확인한 뒤였다.

"역시 마지막 단계는 불가능한 것일까?"

복잡한 감정이 담긴 중얼거림이 입술을 뚫고 흘러나왔다.

뒤이어 두 손으로 머리를 움켜쥐고는 한동안 몸을 떨었다.

그러기를 얼마나 흘렀을까?

서문회는 석대에서 내려와 석실을 나섰다. 밖에 한 중년인이 깨끗한 천을 들고서 그를 기다리고 있었다.

"씻으시지요."

"오늘은 땀을 흘리지 않았으니 괜찮다."

서문회는 겉옷을 걸치고 밖으로 나섰다.

그가 나선 곳은 깎아지른 절벽의 한가운데에 위치한 동굴의 끝이었다. 놀랍게도 그곳에서 내려다보니 백야벌의 전경이 한눈에 들어왔다.

쫓기듯 대막으로 떠났다가 다시 돌아와야 했던 것은 이곳에 마공 수련에 필요한 것들이 있었기 때문이다.

휘이잉!

바람에 몸을 맡긴 채 백야벌을 바라보는 서문회의 눈빛이 서서히 노기로 물들어갔다.

"어떤지 알아보았느냐?"

"원주를 따랐던 많은 이들이 보이지 않는 곳에서 저항을 해 주고 있는 덕분에 여전히 혼란이 가시지 않은 상태입니다."

"여태량이 실권을 잡았느냐?"

"아닙니다. 이상하게도 그자는 그 일이 있은 이후로 자신의 존재감을 한껏 낮춘 채 오직 대지존만 철저히 따르고 있습니다."

"혼란스러운 정국의 전면에 나서지 않겠다는 심산이지."

서문회의 눈동자에 살광이 내려앉았다.

그는 자신의 실각이 순전히 여태량 때문이라 여기고 있었다.

"북부의 애송이와 손을 잡았다는 것은 놈에게도 야망이 있다는 것을 의미할 터. 언젠가는 전면에 나설 테니 그때를 노렸다가 놈의 목을 베어야 한다."

"알겠습니다."

"천하정세는?"

"서장도 대막도 잠잠합니다. 팔대가문 역시 대지존의 다음 행보를 주시하며 몸을 사리고 있습니다. 아, 혈가의 가주에게 사람을 보냈는데……."

중년인이 말끝을 흐리자 서문회가 싸늘히 웃었다.

"흥! 보나 마나 거부했겠지."

"거부는 아니지만…… 아쉬운 자가 만나러 와야지 않겠냐며 사자를 그냥 돌려보냈습니다. 전가와 월가도 비슷한 반응이었습니다."

"승냥이 같은 것들."

"무시하십시오. 어차피 원주의 뒤에는 대막이 있지 않습니까."

휘이잉!

잠시 침묵의 시간이 흘렀다.

중년인은 무슨 말을 하려다가 몇 번에 걸쳐 참는 기색을 보였다.

그러다가 결국 참지 못하고 입을 열었다.

"공자께서 푸대접을 받고 계신 모양입니다. 간절히 소

식을 기다리고 계실 텐데…… 명하시면 속하가 한번 올라가 보도록 하겠습니다."

꿈틀.

서문회의 눈썹이 칼날처럼 휘어졌다.

"푸대접이라고 하였느냐?"

"……예. 들리는 말에 의하면 올라가신 이후로 줄곧 평원에 군영을 세우고 그곳에서 머물고 계시는데, 대원수가 한 번도 공자를 찾아오거나 부르지도 않았다고 합니다."

바르르…….

"원주께서 세력을 다 잃었다고 판단해서 그러는 것은 아닐지……."

꾸욱.

서문회가 지그시 입술을 깨물었다.

뒤이어 안광을 번뜩이며 말했다.

"대막으로 갈 것이다."

"예. 하면 바로 준비를 하겠습니다."

중년인이 동굴 안으로 들어가자 서문회는 북쪽으로 시선을 돌렸다.

'내 핏줄을 업신여긴다는 것은 나를 업신여기는 것과 다르지 않음을 모르지 않을 터. 태무광, 네놈이 이러고도 온전할 수 있을 거라 보느냐?'

쩌저적!

서문회의 몸에서 흘러나온 한기가 입구 주변의 수풀을 하얗게 얼려 놓았다.

살광을 머금은 서문회의 두 눈이 다시 백야벌을 향해 돌아갔다.

'기다려라. 내가 다시 돌아오는 날, 내게 반기를 들었던 모든 놈들을 갈기갈기 찢어 줄 것이다.'

* * *

평온한 나날의 연속이었다.

마치 전란의 시대가 막을 내린 것 같은 태평성세에 북부의 모든 이들은 처절했던 과거에서 한 걸음씩 벗어나고 있었다.

도시는 더 거대하게 변화했고, 천하 각지에서 몰려든 사람들이 북부의 곳곳에 뿌리를 내리면서 비약적인 발전을 거듭해 나갔다.

발전의 원동력은 단연코 두 개의 철광산이었다. 그곳에서 벌어들이는 돈으로 연후는 모든 현안에 막대한 투자를 감행했다.

결과는 더 지나 봐야 나오겠지만 많은 이들이 온몸으로 발전하는 북부를 체감하면서 연후를 향한 지지는 하늘

높은 줄 모르고 치솟았다.

거기에 막 본격적인 채광이 시작된 금광까지 있으니 이대로라면 천하제일세(天下第一勢)로 올라서는 것은 시간문제처럼 보였다.

모든 것이 과하다 싶을 정도로 잘 풀리고 있었지만 연후에게는 반드시 풀어야 할 숙제가 있었다.

휘이잉.

온기를 머금은 바람이 연후의 얼굴을 부드럽게 쓸고 지나갔다.

수련을 할 때가 아니면 거처의 창을 통해 밖을 내다보는 것이 버릇처럼 되어 버린 연후였다.

보고 있으면 마음이 평온해짐을 느꼈다.

곳곳에서 들려오는 웃음소리와 오가는 무사들의 밝은 표정을 보고 있으면 이제 그만해도 되지 않을까, 하는 생각마저 들었다.

하지만 결코 여기서 멈출 순 없었다.

'내가 멈춘다고 해서 가만히 내버려둘 세상이 아니다.'

철우가 들어섰다.

"무슨 생각을 그리 깊게 하십니까?"

"그냥 이것저것."

"백야벌에서 전서를 보내왔습니다."

연후는 철우가 건넨 전서를 펼쳤다. 소무백이 친필로 쓴 전서에는 대회합을 개최한다는 내용이 적혀 있었다.

'어느 정도 안정이 된 건가?'

뜻밖이었다.

대회합을 열려면 시간이 꽤 걸릴 거라 예상했었다.

또한 기다리고 있었다. 마지막 남은 숙제를 풀기 위해서는 적혼이 둥지를 떠나게 만들어야 했기 때문이다.

"무슨 내용입니까?"

"대회합을 연다는군."

"예상보다 빠른 것 같습니다."

"어찌 되었건 나로서는 기다리던 바였으니 잘된 일이지."

"예?"

연후는 뒷짐을 지며 다시 창밖으로 시선을 던졌다.

"사냥을 해야겠어."

"그게 무슨 말씀입니까?"

"지금까지는 오면 오는 대로 물리치는 식이었지만 이번만큼은 우리가 먼저 움직인다."

"사냥감은 누굽니까?"

"적혼."

"……!"

"모두에게 거처로 오라고 전해."

"알겠습니다."

철우가 나가자 연후는 서쪽하늘로 시선을 던지며 나지막이 숨을 골랐다.

'다시는 터전으로 돌아가지 못하게 해 주마, 적혼.'

* * *

사천왕(四天王).

요즘 들어 북부인들이 백무영, 악소, 철우, 백운을 두고 그렇게 부르기 시작했다.

그리고 육손, 서백, 송영, 서위량을 두고는 사신성(四新星)이라 불렀다.

그들 위에 혈왕 신휘를 올려 두었지만 그에게는 따로 호칭을 정하지 않았다. 머지않아 대원수의 자리에 오를 거라는 소문이 북부 전체에 퍼져 있던 까닭에 그는 거의 연후와 동급으로 인정받고 있었다.

북부의 핵심이라고 할 수 있는 그들이 한자리에 모였다. 지금껏 연후의 곁을 함께해 왔지만 한날한시에 다 모인 것은 거의 처음이었다.

연후는 그들에게 이번 백야벌행에서 해야 할 것들에 대해 설명했다.

적혼이라는 거물을 사냥한다는 말을 들었음에도 놀란

기색을 비치는 이는 한 명도 없었다.

오히려 육손과 송영, 서위량은 웃었다. 지금껏 중요한 작전에 연후와 함께한 적이 거의 없었던 까닭이었다.

연후의 말이 끝났을 때 백무영이 물었다.

"사로잡아야 합니까?"

"가능하다면."

"알겠습니다."

여기서 몇몇이 눈빛을 가라앉혔다.

적혼 정도의 거물을 사로잡는 것은 죽이는 것보다 몇 배는 더 힘들고 어려울 것이다.

연후는 마지막으로 이 말을 했다.

"오로지 사적인 이득을 위해 너희들을 데려가는 것이다. 미안하다."

모두는 말 대신 그냥 웃었다.

백무영이 한마디 했다.

"그런 말을 알고 계셨습니까?"

악소도 거들었다. 웃음과는 담을 쌓은 그가 이까지 드러내며 웃고 있었다.

"주군께서 미안하다는 말씀을 하실 때가 있으리라고는 한 번도 생각을 해 본 적이 없습니다."

4장
백야벌로 향하는 세력들

백야벌로 향하는 세력들

 황하수련의 총단.

 황태의 앞으로 연후가 보낸 전서가 도착했다.

 전서를 읽어 내려가는 황태의 표정이 점점 변하더니 마지막에는 치아를 드러내며 웃었다.

 "드디어 때가 된 건가?"

 화르륵.

 전서가 황태의 손에서 한 줌 재가 되어 흩날렸다. 황태는 얼굴에 달라붙은 재를 털어 내며 다시 한번 웃었다.

 "늦지 않으려면 서둘러야겠군. 후후후."

 황태는 옷을 걸치고 검을 챙겨 우문적이 있는 곳으로 향했다.

 한결 회복된 우문적이지만 여전히 거동을 하기에는 무

리가 있었다. 황태가 들어서자 우문적은 손을 들어 그를 맞았다.

"한잔하려고 왔나?"

"술을 마셔도 괜찮소?"

"안 된다고는 하는데…… 뭐, 마신다고 죽기야 하겠나."

피식.

"술은 다음에 합시다."

"어디 가나?"

"주군과 만나기로 했소."

"그래?"

우문적이 고개를 갸웃하며 잠시 황태를 쳐다보더니 물었다.

"무슨 일인지 물어도 대답을 해 주지 않겠지?"

"다녀와서 말해 주겠소. 제대로 한잔 걸치려면 몸부터 빨리 낫도록 하시오."

"무슨 일인지는 모르겠지만 죽지 마라. 너 죽으면 내가 심심해지잖아."

"술친구를 두고 먼저 죽고 싶은 생각은 추호도 없으니 걱정 마시오. 그럼 몸조리 잘하시오."

돌아서는 황태를 우문적이 불러 세웠다.

"이봐."

황태가 돌아보자 우문적은 잠시 머뭇거리다가 입을 열었다.
"돌아오면 형이라고 불러라."
"이제 곧 황하수련의 련주가 될 귀한 몸인데, 그래도 되겠소?"
"내가 된다면 되는 거다."
"알겠소. 그럼 돌아와서 제대로 한잔합시다, 형님."
 황태가 나가자 우문적은 나지막이 한숨을 내쉬고는 힘겹게 일어나 창가로 향했다.
 잠시 후 황태의 모습이 보였다.
 그가 배를 타기 전에 뒤를 돌아봤다. 우문적은 손을 들어 흔들었다.
"망할 놈이 왜 자꾸 웃고 지랄이야."
 가슴 한쪽이 찡했다. 지금껏 살아오면서 거의 느껴 보지 못한 감정이 우문적은 생경스러우면서도 좋았다.
"죽지 마라."

* * *

 화창한 아침이었다.
 백야벌로 떠난 연후를 배웅하기 위해 모두가 정문으로 모여들었다.

잠깐의 이별이지만 떠나보내는 사람들의 표정은 한없이 무거웠다. 동방리는 말할 것도 없고, 사마송과 수뇌부도 굳은 표정으로 모여 있었다.

그중에는 조영도 있었다.

누구보다 함께 가고 싶어 하는 이가 조영이었다. 몇 번을 졸랐지만 연후는 결코 허락하지 않았다. 조영이 감당할 수 있는 상황이 아니기 때문이었다.

툭. 툭.

조영은 땅을 쳐다보며 발로 돌멩이를 이리저리 걷어찼다.

그때 신휘가 정문을 넘어 들어섰다. 연후가 백야벌로 간다는 소식을 듣고 군영에서 오는 길이었다.

그가 들어서자 모든 이들이 머리를 조아려 그를 맞았다.

신휘가 본채를 응시하며 물었다.

"아직인가?"

"이제 곧 나오실 겁니다."

마침 연후가 나오고 있었다. 신휘는 연후의 뒤를 따르는 백무영 등을 응시하며 미간을 좁혔다.

"흠……."

연후의 백야벌행에 저들 모두가 함께 움직이는 것은 이번이 처음이었다. 누구라도 이번 백야벌행이 이전과는 다른 뭔가가 있는 게 아닐까 하는 의문을 품기에 충분했다.

연후가 다가오자 신휘가 물었다.

"전쟁이라도 치르러 가는 건가?"

"잠시 얘기 좀 하지."

연후와 신휘는 인파에서 조금 떨어진 곳으로 향했다.

그곳에서 연후는 모든 것을 말했다. 말이 끝나자 신휘가 걱정하며 물었다.

"나도 같이 가야 하지 않을까?"

"누구 하나는 남아 있어야지. 아니면 내가 불안해."

"그렇다면 어쩔 수 없고. 아무튼 조심해. 죽인다면 모를까, 생포는 결코 쉽지 않을 거야."

둘은 다시 사람들이 있는 곳으로 향했다. 가면서 신휘가 말했다.

"적혼이 이전처럼 최소한의 호위들만 대동한다면 좋을 텐데 말이야."

"그래 주면 고맙지."

* * *

서령이 신휘와 나란히 걸어오는 연후를 응시하며 미간을 좁혔다.

'도대체 무슨 일을 벌이러 가는 거야?'

연후의 측근들이 모두 함께 떠난다는 사실을 알았을 때부터 그녀는 뭔가 큰일을 벌이러 간다는 것을 의심하고 있었다.

 그녀는 동방리를 돌아보며 뭔가 알고 있는지 물어보려다가 입을 다물었다. 연후를 바라보는 동방리의 얼굴에 잔뜩 그늘이 드리워져 있음을 본 것이다.

 "걱정 마세요. 고수란 고수는 죄다 함께 가잖아요."

 서령의 위로에도 동방리는 표정을 풀지 못했다. 그러다가 서령을 돌아보며 말했다.

 "도와주세요."

 "……예?"

 "저분들이 다 함께 가는 것이 더 불안해요. 무슨 일인지 물어봐도 대답해 주지도 않고……. 그러니 함께 가셔서 주군을 도와주세요."

 '정말 많이 사랑하고 있구나.'

 서령은 그 생각을 하며 빙그레 웃었다.

 "나 없어도 괜찮겠어요? 밤에 술 한잔 나눌 수 있는 사람이 저밖에 없잖아요."

 "참을게요."

 "알았어요. 그럼 다녀올게요."

 한편 조금 뒤에 차소령이 서 있었다. 그녀의 심정도 복잡했다.

연후가 백야벌로 간다했을 때 이번만큼은 소향과 자신들도 함께 갈 것으로 예상했었다. 그래서 연후에게 물었지만 안 된다는 대답만 돌아왔다.

 연후를 바라보는 차소령의 얼굴이 동방리만큼이나 그늘이 드리워 있었다.

 마침 이쪽을 쳐다보던 연후와 시선이 마주치자 차소령은 살짝 머리를 조아렸다.

 연후의 전음이 그녀의 귓속으로 흘러들었다.

 [이번에 가서 언제 돌아갈지 시일을 정해 보도록 하겠소.]

 차소령은 감사의 뜻을 눈빛으로 답했다.

 잠시 후 연후가 말에 오르면서 백야벌을 향한 여정이 시작되었다.

 그렇게 모든 이들의 배웅을 받으며 정문을 넘어선 지 한 시진쯤 지났을까?

 두두두!

 뒤쪽에서 한 기의 인마가 달려왔다.

 철우가 미간을 좁히며 말했다.

 "주군, 서 소저가 옵니다."

 그제야 뒤를 돌아본 연후였다. 질풍처럼 달려온 서령이 고삐를 당기며 말했다.

 "안 된다고 하지 마세요. 가주님 부탁으로 온 거니까."

"……."

"당신을 지켜 주라고 하시네요?"

"네가 가겠다고 고집을 부린 건 아니고?"

"의심스러우면 가서 물어보시든가요."

연후는 미간을 좁혔다. 서령이 함께 와 준다면 도움이 될 것은 확실했다. 하지만 신세를 지는 것 같은 기분이 들어서 선뜻 허락할 수가 없었다.

"안 된다고 해도 갈 거니까 고민하지 마세요. 혹시 알아요? 이번에도 내가 큰 건수 하나 올릴지."

피식.

"허락하신 거죠?"

"사고만 치지 마라."

"흥!"

결국 서령도 동행의 대열에 합류했다.

* * *

빙궁의 추격을 따돌리기 위해 황금상단의 호위가 된 설무진에게 뜻하지 않은 요청이 들어왔다.

"백야벌로 가게 되었는데 자네를 호위단에 포함시키고 싶네. 물론 매월 지급될 돈과는 상관없이 별도로 사례금이 나갈 걸세."

"……."

"본 상단에게는 매우 중요한 행사이니 이렇게 부탁하는 걸세."

왕적은 진심을 담아 부탁했다.

이상하리만큼 그는 설무진을 마음에 들어 하고 있었다. 꽤 오랫동안 그를 보필했던 고수들이 질투를 할 정도였다.

설무진은 거절할 이유가 없었다. 빙궁의 추적을 따돌리려면 무조건 많이 돌아다니는 것이 유리했다.

"알겠습니다. 단주께서 이리부 탁하시니 감히 몸 둘 바를 모르겠습니다."

"고맙네. 허허허!"

"하면 언제 출발하실 예정인지요?"

"내일 아침에 출발할 것이니 돌아가서 푹 쉬시게나."

"알겠습니다."

설무진이 돌아가자 왕적의 뒤에 서 있던 중년인이 못마땅한 기색으로 말했다.

"일단 호위단에 들어왔으면 명을 내리시면 될 것을 왜 그렇게까지 하십니까?"

"마음을 얻으려면 이렇게 해야지 않겠나. 자네도 그만 돌아가서 쉬게나."

"……예."

중년인이 나가자 왕적은 창문을 열었다.

저만치 앞에 설무진이 걸어가고 있었다.

'어째 닮은 곳이라고는 하나 없는데, 저 친구를 보고 있으면 자꾸 죽은 아들놈이 생각이 나는 걸까.'

왕적이 이상하리만큼 설무진을 마음에 들어 하는 이유는 바로 그 점 때문이었다.

그조차도 신기할 노릇이었다.

'무엇이든 해 준다. 그렇게 해서라도 마음을 얻을 수만 있다면……'

한편 거처로 돌아간 설무진은 용천에게 백야벌로 가게 된 것을 말했다.

"와! 백야벌에 간단 말입니까?"

"어쩔 수 없이 가는 건데 너무 좋아하는 거 아니냐?"

"어차피 빙궁의 추적을 따돌리려면 어디든 돌아다니는 게 좋지 않습니까. 게다가 백야벌은 중원무림의 심장과도 같은 곳이니 당연히 좋을 수밖에요."

"……"

사실 설무진도 백야벌은 가 보고 싶은 곳이었다. 북해에서부터 귀가 따갑게 들었던 것이 백야벌의 위대한 업적이었다.

"혹시…… 단주께 부탁을 하면 어떨까요?"

"뭘 부탁하자는 거지?"

"황금상단에는 천하에 없는 것이 없다고 하지 않습니까? 혹시 여우 새끼가 우리 체향을 맡지 못하게 하는 약물 같은 것이 있을 수도 있지 않을까요?"

"사람이 체향을 어떻게 지운단 말이냐."

"밑져 봐야 본전인데, 나중에 기회가 되면 한번 부탁해 보십시오. 혹시 압니까? 정말 있을지."

"알았으니 술이나 한잔하자."

"옙!"

용천이 술상을 준비하기 위해 밖으로 나가자 설무진은 침상에 벌러덩 드러누웠다.

천장에 보고 싶은 부족 사람들의 얼굴이 차례로 떠올랐다가 사라졌다. 마지막은 아름답기 짝이 없는 여인이었다.

'조금만 기다리시오. 다시 만나게 되면 다시는 그대의 곁을 떠나지 않겠소.'

* * *

소무백이 백야벌의 권력을 장악한 이후 처음 열리게 될 대회합은 여러모로 중요한 의미를 갖고 있었다.

특히 팔대가문의 입장에서는 소무백이 향후 걷게 될 노선을 알 수 있는 절호의 기회였다.

따라서 모든 가문이 초청에 응했고, 거의 비슷한 시기에 백야벌을 향한 여정에 올랐다.

혈가의 가주 적혼도 마찬가지였다. 다른 가문들보다 지리적으로 가까운 까닭에 서두르지 않아도 되었지만 그는 전서를 받기가 무섭게 떠날 준비를 갖추라 지시했다.

그리고 다음 날 적혼은 최소한의 인원을 대동한 채 총단을 나섰다. 이전과 다른 점이 있다면 혈강시 한 기를 데려간다는 점이었다.

"철혈가주 쪽으로 아이들을 보낼까요?"

"이번만큼은 그냥 내버려둬라. 소무백이 처음으로 주재하는 대회합에 누구 하나 죽어 나가면 오히려 문제가 커질 수도 있다."

"알겠습니다."

적혼은 말에 올라 백야벌을 향한 여정을 시작했다.

같은 시각, 전가와 적인회와 월가의 야월도 최소한의 수행원만 대동한 채 백야벌로 떠났다.

이전까지는 누구든 백야벌로 향할 때 암살의 위험을 감수해야 했다.

하지만 이번만큼은 어떤 가문도 암살은 생각조차 하지 않고 있었다. 경쟁자를 제거하는 것보다 소무백이 걷게 될 노선을 파악하는 것이 더 중요했기 때문이다.

하지만 연후만큼은 달랐다.

이번 백야벌행에서 그는 적혼을 통해 광마혼을 취하는 것이 목적의 전부였다. 만약에 생포에 실패한다면 차선책으로 적혼을 무조건 제거할 생각이었다.

연후는 적혼이 광마혼만큼의 가치가 있는 적수라 여기고 있었다.

* * *

백무영을 비롯한 모두는 복장을 통일했다.

또한 죽립을 썼으며, 검파의 가죽과 검집의 색깔도 완전히 이전과 다르게 바꾸었다. 상대로 하여금 혼란을 주기 위함이었다.

이제 그들의 얼굴을 모르는 자들은 철혈가의 호위로 여길 뿐, 진정한 신분은 눈치채지 못할 터였다.

하늘에는 독수리 두 마리가 마치 연후를 호위하듯 유유히 날아가고 있었다.

두두두!

모두는 백야벌이 아닌 엉뚱한 곳으로 달려갔다. 그리고 이틀을 꼬박 달린 끝에 한 도시의 저잣거리로 들어섰다. 황태를 만나기 위함이었다.

약속 장소에 황태가 먼저 와 있었다.

"어서 오시오, 주군."

황태가 연후를 향해 포권을 취하며 인사를 건넸다. 혈가의 누구라도 이 모습을 봤다면 두 눈을 의심하고도 남을 터였다.

"꽤 거친 싸움을 했다고 들었는데…… 괜찮은 거요?"

"보시다시피 멀쩡하오."

연후는 황태가 평소와는 달리 조금은 상기된 것을 느꼈다. 보나 마나 적혼을 잡으러 간다는 것 때문이리라.

황태는 백무영 등이 모두 온 것에 적잖이 놀랐다.

동시에 이번엔 적혼이라 할지라도 무사히 빠져나갈 수 없으리라는 확신이 들었다.

'제발 평소의 당신답게 굴어라, 적혼.'

황태는 적혼에 대해 누구보다 잘 알고 있었다.

하늘 아래 자신이 최고라는 자만심으로 가득한 적혼은 평소 길을 나설 때 최소한의 호위만 대동했다.

어차피 그 누가 덤비더라도 자신의 적수는 아니라고, 불필요한 호위를 여럿 곁에 두는 것은 자존심에 금이 가는 일이라고 여기는 것이다.

만약 이번에도 평소와 다름없다면, 적혼은 그 오만함의 대가를 치르게 될 터였다.

모두는 식사와 술을 시켰다.

언제나 그러했듯 연후는 돈을 아끼지 않았다. 먹어야 할 때만큼은 여건이 허락하면 최고를 추구하는 것이 습

관처럼 배어 있었다.

  식사가 어느 정도 이어졌을 때 연후가 말했다.

"적혼의 습성에 대해 알고 싶소. 아주 사소한 것까지."

"그자는……."

  황태가 말을 늘어놓기 시작했다.

  말이 이어지는 내내 몇 번은 놀라고 몇 번은 실소를 머금었다. 예상보다 대단한 구석도 많았지만 설마 그렇게까지 생각되는 부분도 적잖이 있었다.

  연후는 후자 쪽에 더 신경을 썼다. 잘하는 것보다 못하는 것을 공략해야 성공 확률이 높아지는 법이니까.

  말을 끝낸 황태가 조금은 무거운 표정을 지었다.

"생포는 결코 쉽지 않을 것이오."

"쉬울 거라 생각했으면 이 친구들 모두를 데려오지 않았을 거요."

"생포가 안 된다면 죽일 생각이오?"

"물론이오."

"부탁 하나만 해도 되겠소?"

"상황이 허락하면 가급적 그자의 목은 당신이 벨 수 있도록 해 주겠소."

  연후가 먼저 답을 내놓자 황태는 흐릿하게 웃으며 술잔을 비웠다.

  모두는 식사를 끝내고 각자의 방으로 올라갔다. 연후와

황태, 서령을 제외한 나머지는 이인이 방 하나에 머물렀다.
 덜컹.
 서령이 창문을 열었다.
 벌써 달이 떠올라 있었다. 하지만 저잣거리는 여전히 불야성을 이루고 있었고, 오가는 사람들도 대낮만큼이나 많았다.
 서령은 오가는 사람들을 구경하며 손으로 턱을 괴었다.
 '내가 지금 뭘 하는 건지…….'
 언제부턴가 연후를 향한 증오심이 옅어지는 것을 느꼈다. 오히려 철혈가에서 지내는 것이 더없이 좋다는 생각을 할 때도 많았다.
 물론 연후보다는 동방리가 그녀에게 가장 중요한 존재였다.

주군을 도와주세요.

 '이 인간이 아니라 당신 때문에 온 거예요.'
 서령은 심드렁한 표정으로 저잣거리 곳곳을 둘러보았다. 그러다가 부모의 손을 잡고 깔깔거리는 아이들을 발견하고는 눈빛을 가라앉혔다.
 '그냥 저렇게 살고 싶었는데…….'

서령의 얼굴에 그늘이 드리웠다.

그때 옆방의 창문이 열리며 빛이 흘러나왔다. 고개를 돌린 서령은 반쯤 밖으로 나온 연후의 얼굴을 응시하다가 코끝을 찡그렸다.

"저기요."

연후가 서령을 돌아봤다.

서령은 창틀에 비스듬히 몸을 기대며 말을 이었다.

"어디까지 갈 거죠?"

"무슨 소리지?"

"당신의 행보, 아니 북부의 행보라고 해야겠군요. 아무튼 어디까지 갈 거냐고요."

"궁금하면 끝까지 같이 가 보든가."

"내가 왜요?"

"싫으면 말고."

"흥! 내가 원한을 잊었을 거라 착각하지 마세요. 내 마음속에서 당신은 여전히 불구대천의 원수이니까……."

서령은 창문을 닫으려다가 하나를 더 물었다.

"동방가주한테 소수마공을 가르쳐 줘도 돼요?"

"그녀가 원하던가?"

"그건 아니지만 동방가주가 소수마공을 익히기에 최고의 신체를 타고났더군요. 혹시 알고 있었나요?"

"소수마공이 아니더라도 충분히 강해질 수 있는 사람

이다. 하니 쓸데없는 생각은 아예 하지도 마라."

"사랑하는 사람이 마녀가 되는 게 싫은가 보군요."

"좋아할 사람이 있을까?"

"……."

'그런 사이가 아니긴 개뿔. 딱 봐도 티가 팍팍 나는데…….'

"내가 하나 물어볼까?"

"뭐죠?"

"내가 없더라도 그녀를 지금처럼 지켜 줄 건가?"

"글쎄요. 당신이 죽었을 때 뭘 해야 할지 생각을 해 본 적이 없어서……. 그런데 그건 왜 묻는 거죠?"

연후는 한숨 쉬었다가 대답했다.

"너만큼이나 불쌍한 사람이다. 그러니 지금처럼 그녀를 생각해 줬으면 한다."

"날 불쌍하게 만든 건 당신이죠."

"인정하마."

"……."

'뭐야, 이 인간.'

서령은 평소의 연후와 다른 태도에 내심 이상한 기분이 들었다.

하지만 이내 마음을 다잡았다.

'약해지지 마. 서령.'

"일단 참고할게요."

탁!

 서령은 문을 닫고 불을 껐다. 그러고는 침상에 몸을 던지고는 잠을 청했다.

 하지만 좀처럼 잠이 오질 않자 다시 일어나 창문을 열었다. 그런데 그때까지 연후가 창밖을 쳐다보고 있었다.

 '뭐야?'

 탁!

 다시 창문을 닫은 서령은 스스로 수혈을 짚었다. 그러고는 아침까지 숙면을 취했다.

* * *

 퍽!

 한 자루 검이 등을 뚫고 튀어나왔다.

 북해빙궁의 소궁주 나율의 입가에 잔혹한 미소가 어렸다.

 "도적질도 사람을 봐 가면서 해야지."

 나율은 상대의 몸을 관통한 검을 천천히 뽑으며 뒤를 돌아봤다.

 장한과 두 청년이 조금 떨어진 곳에 있었다. 그들의 주변에 열 구가 넘는 시신이 피를 흘리며 나뒹굴고 있었다.

 "배고프니까 빨리 가자고."

"예, 소궁주."

나율과 장한, 그리고 두 명의 청년은 불빛이 사그라지기 시작한 도시의 저잣거리로 향했다.

장한이 곁을 따라붙으며 당혹스러운 어조로 말했다.

"놈들의 행적이 갑자기 사라졌습니다."

"사라진 게 아니라 멀어진 거라고 봐야지. 뭐, 걱정 마. 곧 있으면 이 녀석이 찾아낼 거니까."

캬릉! 캬릉!

나율의 품속에서 여우가 머리를 내밀며 울어 댔다.

나율은 여우의 입에 입맞춤을 하고는 전방의 도시를 바라봤다.

"이 시간까지 불이 켜져 있다니…… 역시 중원은 다르단 말이지. 후후후."

"문을 연 객잔이 있을지 의문입니다."

"속하들이 먼저 가서 알아보겠습니다."

"됐어. 없으면 굶지 뭐."

나율은 느긋하게 걸었다.

잠시 후 저잣거리로 들어선 그들의 눈에 아직까지 장사를 하고 있는 객잔 한 곳이 들어왔다.

다른 곳이 다 문을 닫은 까닭에 그곳은 여전히 많은 사람들로 북적거렸다.

"운이 좋네. 이 시간에 장사를 하는 객잔이 다 있고 말이야."

"들어가시지요."

나율과 일행들은 맨 위층으로 올라갔다.

중원 출신인 장한과 청년들은 마치 오랫동안 드나들었던 것처럼 매우 익숙하게 행동했다.

"장육 사인분하고 삶은 닭 한 마리, 그리고 소면 네 그릇과 금존청 두 병만 내어 오게."

"예. 잠시만 기다려 주십시오."

나율이 돌아서는 점소이를 불러 세웠다.

"잠깐."

"더 시키실 것이라도……."

"생고기 한 근만 먼저 가져와."

"생고기는 왜……."

"돈을 주고 시키는데 이유까지 말해야 하나?"

"……죄송합니다. 하면 생고기는 바로 갖다 드리겠습니다."

잠시 후 점소이가 생고기를 가져오자 나율은 여우를 먼저 먹였다.

한편 장한은 객잔 안을 살폈다.

대부분의 탁자에 무기를 소지한 무림인들이 삼삼오오 앉아서 술판을 벌이고 있었다. 개중에는 한눈에 보기에도 비범함을 뿌리는 자들도 있었다.

그때 거나하게 취한 청년 하나가 장한과 시선이 딱 마주치자 대뜸 거칠게 나왔다.

"어이, 사람 처음 보나? 뭘 그렇게 훑어, 훑기는."

"오해를 하신 것 같소. 그저 처음 오는 곳이라 구경을 했을 뿐이니 괘념치 마시오."

"크크큭! 그렇다고 쫄기는."

"하하하!"

같은 탁자에 앉은 청년들이 크게 웃었다.

나율이 의자에 몸을 비스듬히 기대며 청년들을 바라봤다.

장한이 재빨리 나섰다.

[신경 쓰지 마십시오. 괜히 소란을 피우면 번거로운 일이 생길 수도 있습니다.]

[좋아. 하지만 나중에 모조리 죽여.]

[알겠습니다.]

잠시 후 식사와 술이 나왔다.

나율과 일행들은 하나같이 대식가였다. 그들은 똑같은 것을 한 번 더 시키고서야 식사를 끝냈다.

그때까지도 그들을 조롱했던 청년들은 큰소리로 떠들며 술판을 이어 가고 있었다.

[놈들이 객잔을 나서면 그때 죽이겠습니다.]

"당장 시끄러워 죽겠잖아."

"……!"

장한이 눈을 치뜰 때, 이미 나율의 손가락이 소리 없이 허공을 튕겼다.

퍼퍽!

두 청년의 이마에 구멍이 뻥 뚫렸다. 뒤이어 뒤통수에서 뇌수와 피가 쏟아져 뒤쪽 탁자에서 술판을 벌이던 자들을 덮쳤다.

"억! 이게 뭐야!"

"헉!"

와장창창!

탁자가 넘어지며 객잔 안은 순식간에 소란에 휩싸였다.

"누구냐!"

청년들의 동료가 벌떡 일어서며 검을 뽑았다.

나율의 두 눈이 이채를 발했다.

"오호. 겁을 집어먹을 줄 알았는데 그게 아니네?"

그 말을 들었을까?

청년들이 나율이 앉은 탁자를 돌아보며 소리쳤다.

"네놈들 짓이냐!"

나율은 씩 웃으며 두 손을 어깨 위로 들어 보이는 시늉을 했다. 북해인들 특유의 몸짓인데, 청년들의 눈에는 결코 좋게 보이지가 않았다.

"개새끼들! 여기서 꼼짝 말고 기다리고 있어라!"

와장창창!

청년들이 창문을 뚫고 뛰쳐나갔다.

사 층 높이에서 뛰어내렸지만 청년들은 조금도 휘청거리지 않고 곧장 어둠 속으로 사라졌다.

장한이 나지막이 한숨을 내쉬고는 말했다.

"번거로워지기 전에 속히 떠나시지요."

"얼마나 몰고 오는지 궁금한데?"

[소궁주, 이곳은 중원 한복판입니다. 성가신 일은 피하셔야 합니다.]

"소심하기는."

[소궁주!]

"아, 아! 알았어."

나율은 귀찮다는 표정으로 자리에서 일어났다.

그들이 계단을 통해 내려갈 때까지 객잔 안의 누구도 나서지 않았다.

나율의 한 수에 겁을 집어먹은 것이 아니라 철저히 무관심할 뿐이었다. 무림의 비정함을 엿볼 수 있는 부분이었다.

밖으로 나온 나율은 여우를 꺼내어 땅에 내려놓았다.

"너도 답답할 테니 바깥공기 좀 쐬도록 해."

캬릉! 캬릉!

여우가 엄청난 속도로 뛰쳐나갔다.

순식간에 시야에서 사라졌지만 그들은 전혀 걱정하는 기색이 없었다.

"녀석. 많이 답답했던 모양이네. 후후후."

"소궁주, 조금 전과 같은 일은 가급적 만드시면 안 됩니다."

"알았으니 거기까지만 해."

"중원은 언제 어디에서 고수가 출현할지 모르는 곳입니다. 하니……."

"그만."

"……."

나율의 눈빛이 변하는 것을 본 장한이 입을 다물었다.

그때였다. 조금 떨어진 곳에서 시커먼 그림자 하나가 하늘로 날아오르는 것이 보였다.

무심결에 그것을 본 나율이 미간을 좁히며 중얼거렸다.

"독수리?"

한 청년이 눈을 치뜨며 말했다.

"설호가 뛰어간 방향으로 날아가는 것 같습니다!"

순간 여우를 떠올린 나율은 재빨리 휘파람을 불었다.

휘익! 휘익!

나율이 연신 휘파람을 불어 댔지만 여우는 돌아오지 않았다.

그러기를 얼마나 지났을까?

캬아악!

어둠 저편에서 여우의 비명이 울렸다.

청년들이 바람처럼 비명이 울린 곳으로 몸을 날릴 때였다.

"엇!"

장한의 입에서 당혹성이 터졌다. 독수리로 추정되는 거대한 그림자가 여우를 낚아채고 날아오르는 것을 본 것이다.

나율도 그것을 보았다.

쾅!

땅을 박차고 오른 나율이 독수리를 향해 지풍을 날렸다.

다섯 줄기 혈광이 어둠을 가르며 독수리를 향해 날아갔지만 이미 사정거리 밖이었다.

"이런……."

나율의 얼굴이 무참히 일그러졌다.

그런 그의 머리 위에서 하얀 털이 눈처럼 나풀거리며 떨어져 내렸다.

뒤이어 뭔가가 얼굴을 적셨는데, 손으로 닦아 내던 나율의 눈빛이 세차게 흔들렸다.

손을 붉게 물들인 것은 피였다.

"크으으……."

나율의 얼굴이 이내 악귀처럼 변하면서 두 눈이 혈안으

로 변했다.

그에게 여우는 단순한 짐승이 아니었다. 어려서부터 함께 자랐던 친구이자 가족이었으며, 철인족 사냥에 누구보다 막대한 공을 세운 전사였다.

그러한 여우가 바람을 쐬게 해 주려 했던 자신의 실수로 말미암아 독수리의 먹이가 되고 말았다.

장한과 청년들도 망연자실한 표정으로 나율을 바라볼 뿐 감히 아무 말도 꺼내지 못했다.

"으하하!"

"여기 한 병 더!"

객잔에서 술에 취한 목소리가 흘러나왔다.

나율의 고개가 객잔을 향해 돌아갔다.

여우를 잃은 분노가 애꿎은 이들에게로 향하는 순간이었다.

* * *

연후는 눈을 떴다. 바람을 타고 전해지는 처절한 비명을 들은 것이다.

그는 창문을 열고 비명이 흘러드는 곳을 돌아봤다.

저잣거리 초입이 한 객잔, 비명은 그곳에서 흘러나오고 있었다.

덜컹!
 서령이 창문을 열었고, 다른 이들도 일제히 창밖으로 고개를 내밀었다.
 "으악!"
 "크아악!"
 한밤중의 난데없는 소란에 맞은편, 옆쪽 할 것 없이 꺼졌던 불이 켜지며 사람들이 밖을 내다봤다.
 "제가 가서 확인을 해 보겠습니다."
 철우가 뛰어내렸다. 서백과 송영이 철우의 뒤를 따라갔다.
 서령이 짜증스러운 얼굴로 중얼거렸다.
 "망할 것들 때문에 잠이 싹 달아났네."
 그때였다.
 푸드득!
 머리 위에서 날갯짓 소리에 이어 독수리가 떨어져 내렸다. 무심결에 독수리를 쳐다본 연후는 슬며시 미간을 좁혔다.
 '이 밤중에 사냥을?'
 "어머? 강아지를 잡았네?"
 "강아지가 아닙니다."
 마침 창문을 열고 머리를 내밀던 육손이 부스스한 얼굴로 말했다.

연후도 강아지가 아님을 한눈에 알아보았다.

"여우인가?"

"예, 그런 것 같습니다. 한데 이 녀석이 여우를 어디서 잡았을까요? 게다가 흰털 여우는 이 근처에 서식하지 않는 걸로 알고 있는데 말입니다."

여우의 몸은 이미 반쯤 파헤쳐져 있었다. 또한 발톱이 움켜쥔 머리는 눈이 신경과 함께 튀어나와 있을 정도로 엉망이었다.

꾸르륵.

"안 먹어, 자식아!"

독수리가 여우를 주려 하는 시늉을 보이자 육손은 어이가 없다는 듯 실소를 머금었다.

"어디 가서 조용하게 너 혼자 실컷 먹어."

꾸르륵!

말귀를 알아듣기라도 한 듯 독수리는 다시 밤하늘로 사라졌다.

잠시 후 서백이 먼저 돌아왔다.

"무슨 일이지?"

"그게…… 어떤 미친놈들이 객잔에서 사람들을 닥치는 대로 죽이고 사라졌다고 합니다."

"……"

"저희가 갔을 때는 이미 스무 명가량이 난도질을 당한

채 죽어 있었습니다. 어떤 놈들인지 모르지만 수법이 잔혹해도 너무 잔혹했습니다."

그때 철우와 송영이 돌아왔다.

연후는 철우를 돌아봤다.

"목격자들의 말에 의하면 금발을 한 놈과 다른 세 명이 있었다고 합니다."

"금발이라고 했나?"

"예. 혹시나 싶어 인상착의를 물어봤는데, 황금상단에서 봤던 그 친구는 아닌 것 같았습니다."

연후는 나지막이 숨을 내쉬었다. 마음 같아서는 흉수들을 쫓아가고 싶었지만 해야 할 일 때문에 그럴 수가 없었다.

"수고했으니 그만 들어가서 자도록 해."

* * *

하늘이 우중충했다.

설무진은 말의 움직임에 몸을 맡긴 채 스쳐 지나가는 주변 풍경을 감상했다.

관도 좌우로 광활하게 펼쳐진 논밭과 유유히 흘러내리는 거대한 강, 그리고 곳곳에서 노래를 불러 가며 농사에 여념이 없는 사람들을 보고 있자니 고향에 두고 온 부족원들이 생각났다.

'그저 평화롭게 살기를 바랐는데…….'

빙궁과의 악연은 예상치 못하게 시작되었다.

난데없이 북해에 나타난 중원의 무림인들이 철인족이 거주하고 있는 영역을 지나다 부족의 여인을 겁탈하는 사건이 벌어졌고, 여인의 가족들은 그 무림인들을 찾아가 모조리 죽였다.

문제는 거기서부터였다.

죽은 무림인들에게 일행이 더 있었는데, 그 수가 무려 이만에 달했다.

동료의 죽음을 알게 된 그들은 분노하여 철인족을 공격했고, 전쟁이 발발했다.

천 명도 채 되지 않는 철인족은 자신들의 이십여 배가 넘는 무림인들을 눈앞에 두고도 결코 물러서지 않았고, 기어코 압승을 거두며 무림인들을 패퇴시켰다.

개개인의 막강한 무력을 바탕으로 유격전을 펼침과 동시에 지리를 모르는 적의 약점을 파고든 결과였다.

그야말로 역사에 기록되기에 부족함이 없는 승리.

그러나 철인족에겐 그 승리를 기뻐할 틈조차 주어지지 않았다.

중원무림인들은 사실 빙궁과 모종의 거래를 하기 위해 북해를 찾아왔던 것이었고, 철인족들 탓에 거래가 틀어졌다고 생각한 빙궁이 철인족을 공격한 탓이었다.

중원무림인들에 이어 빙궁까지 침략하자, 철인족은 더 이상 버티지 못하고 어쩔 수 없이 고향을 버린 채 도망을 다니는 신세가 될 수밖에 없었다.

그 와중에 부족의 청년 다수가 목숨을 잃었고, 그중에는 설무진의 동생도 포함이 되어 있었다.

결국 북해에서는 더 이상 머물 곳이 없다고 판단을 내린 부족장이 설무진으로 하여금 새로운 터전을 찾으라는 지시를 내렸고, 설무진은 가장 적당한 장소로 북부무림을 선택하고 그곳까지 내려온 것이다.

'빌어먹을······.'

죽어 가던 동생의 처절한 모습이 떠오르자 설무진은 입술을 깨물며 상념을 떨쳐 냈다.

"왜 그러십니까?"

"아무것도 아니다."

설무진은 크게 심호흡을 하고는 전방으로 시선을 돌렸다.

바로 앞에 왕적이 타고 있는 마차가 있었다. 청포인을 비롯한 정예 고수들이 마차의 주변을 철통처럼 경계하며 이동하고 있었다.

'이자와의 인연이 과연 득이 될까?'

설무진은 왕적이 자신을 매우 마음에 들어 한다는 것을

알고 있었다. 그 정도가 지나칠 정도여서 꺼림칙한 기분마저 들 정도였다.

하지만 당장은 그가 큰 도움이 되어 주고 있었다.

'한번 물어볼까?'

빙궁의 추적을 따돌리려면 체향을 지우는 약이 필요했다. 그러자면 왕적에게 직접 물어봐야 하는데, 선뜻 내키지가 않았다.

그때였다.

"잠시 쉬었다 간다!"

청포인의 한마디에 행렬이 멈췄다.

왕적이 마차에서 내리자 무사들이 그가 앉을 자리에 천을 깔고 탁자를 놓았다.

"이리 와서 같이 들지?"

"아침을 많이 먹어서 괜찮습니다."

"그럼 술이라도 한잔해."

[가서 드시죠?]

용천이 전음을 날렸다.

설무진은 하는 수 없이 왕적의 맞은편에 앉았다. 그러자 왕적이 그의 잔에 술을 따르며 사람 좋게 웃었다.

"사문을 물어보면 실례인 것 같고……. 어쨌든 그 나이에 그렇게 강력한 무공을 익히다니 참으로 대단한 일이야."

"……."

설무진은 술잔을 비우며 갈등했다.

물어보려면 지금이 적기였다.

[뭐하십니까? 얼른 물어보세요.]

용천이 재촉했다.

설무진은 술을 몇 잔 더 들이켜고는 차마 떨어지지 않던 입술을 벌렸다.

"하나 물어볼 게 있습니다."

"무엇이든 물어보게."

"혹시 상단에…… 냄새를 완벽하게 지우는 물건이 있습니까?"

"냄새를 완벽하게 지우는 물건이라…… 뭐, 찾아보면 있겠지. 세상에서 희귀한 것들은 죄다 갖고 있으니까. 한데 그건 왜 필요한 겐가?"

"죄송하지만 그건 말씀드리기가 좀……."

"곤란하면 말하지 않아도 되네. 하면 그것이 필요한가?"

"……예."

"알겠네. 백야벌에 다녀와서 상단의 창고를 뒤져서라도 찾아보겠네."

"감사합니다."

그때였다. 한 중년인이 다가왔다.

"말씀하신 것이 창고에 있습니다. 원래 동영의 살수들

이 사용하는 추종향을 지울 때 사용하는 것인데, 작년에 동영에 갔을 때 혹시 몰라 몇 병 사 왔습니다."

"오호, 그래?"

설무진이 중년인에게 물었다.

"추종향이 지워지면 그보다 더한 것도 가능하겠소?"

"더한 게 뭔지는 모르겠지만 세상에 추종향보다 지독한 향은 없으니 무엇이든 가능할 것이오. 그게 무림인들만 사용하는 게 아니라 고관대작의 여인들이 몸 냄새를 없앨 때 애용되기도 하니까 말이오."

[와우!]

용천이 전음으로 환호성을 보냈다.

설무진도 내심 안도했다.

"있다고 하니 다녀와서 한 병 주겠네."

"감사합니다, 단주."

"감사하면 호위에 만전을 기해 주게. 허허허."

"알겠습니다."

잠시 후 이동이 재개되었다.

설무진의 표정이 한결 밝아져 있었다. 용천이 그런 설무진을 보며 씩 웃었다.

[제가 뭐랬습니까? 황금상단이면 충분히 있을 것 같더라니까요?]

[그것을 받을 때까지는 한시도 집중력을 놓치면 안 된

다. 알겠느냐?]

 [옙!]

 그토록 걱정하던 설호가 독수리의 먹이가 되었다는 것을 까맣게 모르고 있는 설무진은 곧 있으면 빙궁의 추적에서 자유로워진다는 생각에 안도의 한숨을 내쉬었다.

 '하늘이 이제야 우리 부족을 도울 모양이군.'

 얼마나 이동했을까?

 해가 떨어지고 어둠이 밀려들 시간이 되었을 때, 황금상단의 행렬은 도시의 저잣거리로 들어섰다.

 걱정을 덜어서일까?

 번화한 저잣거리의 모습이 설무진의 눈에 쏙쏙 들어왔다. 용천도 이곳저곳을 둘러보며 탄성을 발하기 바빴다.

 그러다가 미간을 좁힌 것은 저잣거리 초입의 한 객잔을 보았을 때였다.

 객잔 앞에 거적을 덮어 놓은 뭔가가 줄지어 늘어져 있었는데, 거적 밖으로 사람의 팔과 다리가 삐져나와 있었다.

 '무슨 일이 벌어진 거지? 죽어도 엄청나게 죽었잖아?'

 용천이 눈을 휘둥그레 치뜰 때였다.

 "금발!"

 "금발이다!"

 곳곳에서 고함이 터지더니 검을 뽑아 든 무사들이 황금

상단의 행렬을 막아섰다.

"멈춰라!"

난데없는 상황에 청포인이 싸늘히 외쳤다.

"이 깃발을 보고도 무례를 범하려는 것이냐!"

무사들이 뒤늦게 황금상단을 상징하는 깃발을 발견하고는 멈칫했다. 하지만 곧 한 청년이 앞으로 나서며 설무진을 가리켰다.

"지난밤에 이곳에서 살인 사건이 벌어졌소! 목격자의 말에 의하면 흉수는 적발에 가까운 금발을 하고 있다 했소! 저자처럼 말이오!"

청년 무사가 설무진을 가리켰다.

설무진은 어이가 없었다.

"저 친구는 어제 이곳에서 한참 떨어진 곳에서 우리와 함께 이동하고 있었다. 사람을 잘못 보았으니 썩 비켜라!"

"그래도 조사는 해 봐야겠소!"

청년 무사가 물러설 기미가 없어 보이자 청포인의 눈빛이 매섭게 변했다. 그때 설무진의 머릿속에 떠오른 자들이 있었다.

'혹시……'

자신을 쫓아온 빙궁의 소궁주 나율이었다. 금발이 희귀한 중원이라면 그자일 가능성도 배제할 순 없었다.

설무진은 청년 무사에게 말했다.

"목격자를 만나게 해 주시오. 하면 나인지 아닌지 알게 될 것이 아니요?"

"안 그래도 데리러 갔으니 잠시만 기다려 주시오!"

잠시 후, 한 초로의 노인이 무사 한 명과 함께 나타났다. 청년 무사가 노인에게 물었다.

"어르신. 저자를 한번 살펴보시겠습니까?"

"헉!"

노인이 설무진을 보고는 뒤로 엉덩방아를 찧었다. 하지만 곧 고개를 저었다.

"저 사람이 아닙니다. 그 흉악한 자는 키가 조금 더 작고, 눈도 색깔이 달랐습니다. 그리고 머리카락도 금발보다는 적발에 가까웠는데……."

"다시 한번 보시지요."

"어떻게 그 흉악한 놈을 어찌 잊을 수 있겠습니까? 이 사람은 아닙니다!"

그때 설무진이 나섰다.

"어르신, 혹시 그자가 이렇게 생기고, 이런 검을 지니고 있었습니까?"

설무진은 노인에게 나율의 인상착의와 그의 검을 설명했다. 그러자 노인이 고개를 끄덕였다.

"맞습니다! 틀림없는 그자입니다!"

"……!"

설무진은 반사적으로 주변을 살폈다.

'이상하다. 설호의 후각에 의존해 우리 뒤를 쫓아왔을 놈들이 어떻게 앞질러 왔지?'

5장
사냥을 시작할 때

사냥을 시작할 때

설무진과 용천이 설호의 후각 범위를 벗어나면서 그냥 길이 엇갈렸을 뿐이었다. 하지만 그것을 모르는 설무진과 용천은 불안할 수밖에 없었다.

그러나 결코 내색할 순 없는 노릇이라 애써 표정을 유지했다.

청포인이 물었다.

"자네가 놈들을 어찌 아는가?"

"……."

설무진이 머뭇거릴 때 용천이 나섰다.

"얼마 전에 우연히 놈들과 마주친 적이 있었습니다. 그때도 놈들은 무고한 사람들을 무참히 죽이고 있었습니다."

"그걸 보고도 그냥 지나쳤단 말인가?"

"쪽수가 많아서요."

용천이 어깨를 올리며 두 손을 들어 보이는 시늉을 하자 청포인은 그대로 믿었다.

"그만 객잔으로 가지."

"예, 단주."

모두는 객잔으로 향했다.

[놈들이 멀지 않은 곳에 있으면 금방 설호에게 발각이 되고 말 겁니다. 기회를 봐서 떠나는 게 좋지 않을까요?]

[어차피 놈들이 근방에 있다면 벗어나긴 어려울 거다. 그렇다면 차라리 이들과 함께 움직이는 게 낫겠지. 설사 놈들과 맞닥뜨려도 이들이 함께 싸워 줄 테니까.]

[그렇긴 하지만…….]

[놈들이 엉뚱한 곳으로 갔기를 바랄 수밖에.]

설무진과 용천은 객잔을 향하는 와중에도 주변을 살피는 것을 게을리하지 않았다.

객잔에서 식사를 하고 각자의 방으로 들어갈 때까지 다행히 추적자들은 나타나지 않았다.

한편 설호를 잃은 분노에 피바람을 일으킨 나율과 일행들은 도시 외곽의 관제묘에 있었다.

설무진이 있는 저잣거리와는 불과 몇 리 되지도 않는

거리였지만 설호가 없으니 설무진이 도시로 들어왔는지 알 길이 없었다.

나율은 객잔에서 가져온 술을 마셨다.

이럴 땐 그냥 가만히 있는 것이 상책이라는 것을 누구보다 잘 알고 있는 장한과 청년들은 그저 말없이 앉아 있을 뿐이었다.

술병을 하나 다 비운 나율이 두 번째 병의 마개를 열고는 장한을 돌아봤다.

"방법은 찾았나?"

"며칠 전부터 놈들의 동선이 매우 어지럽게 바뀌었습니다. 아무래도 우리가 쫓아올 것을 예상하고 일부러 이곳저곳으로 돌아다니는 것 같습니다. 놈들도 설호의 위력을 잘 알고 있을 테니 말입니다."

"방법을 물었잖아."

"설호가 없으니 우리 힘으로 놈들을 찾기란 거의 불가능합니다. 해서 생각을 해 봤는데…… 중원무림에 개방이라는 곳이 있습니다. 거지들이 모여서 만든 집단이지만 정보력만큼은 매우 뛰어난 곳이니, 그들을 이용해 놈들을 찾아보는 것이 좋겠습니다. 다만 문제는……."

말끝을 흐리는 장한.

"답답하게 굴지 말고 빨리 말해 봐."

"객잔에서 벌어진 일 때문에 우리도 노출이 되었다는

것입니다. 어디에나 있다는 개방이 그걸 모를 리 없으니 오히려 우리가 추적을 당할 수도 있습니다."

퍼석!

나율이 술병을 벽에 집어 던지고는 뒤로 벌러덩 누웠다.

"그건 신경 쓸 거 없다. 일단 오늘 밤은 이곳에서 보내고 내일 개방이라는 곳을 찾아간다."

"알겠습니다."

나율이 그대로 잠이 들자 장한은 관제묘 밖으로 나섰다. 청년 하나가 따라나섰다.

"일이 곤란하게 되었습니다. 이 넓은 땅덩어리에서 놈들을 어떻게 찾는단 말입니까."

"일단 개방의 힘을 이용해 봐야지."

"조금 전에 말씀하셨지 않습니까. 오히려 우리가 추적을 당할지도 모른다고 말입니다."

"내게 방법이 있으니 너희들은 소궁주의 호위에나 만전을 기하도록 해."

"……예."

청년이 들어가자 장한은 관제묘를 힐끗 쳐다보고는 나지막이 한숨을 내쉬었다.

'한번 분노하면 제어가 안 되는 저 성격 때문에 언젠가는 큰일이 터지고야 말 텐데…….'

장한은 객잔에서 광인처럼 사람들을 죽이던 나율을 떠

올리며 절레절레 고개를 흔들었다.

* * *

다음 날 아침.
우중충했던 하늘이 기어코 비를 쏟아 냈다.
쏴아아…….
"망할 놈에 비가 또 오네. 에이……."
개방도가 하늘을 올려다보며 오만상을 썼다. 며칠 동안 밀렸던 빨래를 하려 했는데, 비가 오는 바람에 또 미루게 생긴 것이다.
개방도는 호리병을 들어 입으로 가져가고는 먹다 남은 고깃덩이를 한 점 입에 털어 넣었다.
우걱우걱.
옆에 앉은 다른 개방도가 물었다.
"대체 어떤 미친놈이 그런 짓을 벌인 걸까?"
"강호에 미친놈이 한둘이냐. 며칠 조사해 보면 답이 나오겠지."
"답이 나와도 놈들을 찾는 자들이 있어야 돈이 될 텐데……."
"죽은 사람들 중에 힘깨나 쓰는 집안이나 문파의 사람이 있기를 바라야지. 아니면 말짱 황인 거고."

개방은 정보로 먹고사는 곳이다.

사건이 터지면 사건을 조사하고, 그 사건을 궁금해하거나 전모를 알고 싶어 하는 세력, 혹은 피해자 쪽 사람들에게 돈을 받고 정보를 넘겨주는 식이었다.

때문에 강호에서 사건이 터지면 가장 먼저 움직이는 자들이 바로 개방도들이었다.

오늘 분타에 둘밖에 없는 이유도 어젯밤 객잔에서 터진 사건을 조사하기 위해 모든 방도들이 나갔기 때문이었다.

"술 좀 더 없냐?"

"자식아, 그만 마셔. 오늘 저녁에 다 같이 마시기로 했잖아."

"쩝. 괜히 입맛만 버렸네."

그때였다.

안으로 한 사람이 들어섰다. 나율과 함께 움직이던 장한이었다.

"어떻게 오셨소?"

"어젯밤 객잔에서 벌어진 사건 때문에 물어볼 것이 있어 찾아왔소."

반짝!

두 개방도가 눈빛을 발했다.

"뭐가 궁금하시오?"

철그럭.

장한이 먼저 탁자 위로 전낭을 던졌다.

개방도 하나가 희번덕거리며 전낭을 확인하고는 입이 쭉 벌어졌다. 제법 큰돈이 들어 있었던 것이다.

콱!

장한이 검집의 끝으로 전낭을 찍어 눌렀다.

"흉수의 정체와 위치를 알려 주면 이만큼 더 주겠소."

"사건이 벌어진 지가 얼마 되지 않아 흉수가 색목인이라는 것만 밝혀냈소. 다만 본 방의 방도들이 추적에 나섰으니 행적은 곧 밝혀질 것이오. 머무는 곳이 어딘지 알려 주면 밝혀 내는 대로 알려 드리겠소."

"며칠이면 가능하겠소?"

"장담하는데 사흘 안쪽이면 어디서 무슨 색깔에 똥을 싸고 있는지까지 알아낼 수 있을 것이오."

"하나 더 묻겠소."

"그것도 값을 지불해야 하는데······."

"원하는 답을 해 준다면 얼마든지 주겠소."

히죽.

"그럼 궁금하신 게 뭘까요?"

"어젯밤 객잔에서 혈겁을 벌인 자 말고 또 한 명의 금발을 찾고 있소."

팔랑.

장한의 손에서 종이 한 장이 탁자 위로 떨어졌다. 설무진의 용모파기였다.

"이자의 행적을 찾아내면 은자가 아니라 금을 이만큼 더 주겠소. 가능하겠소?"

"그, 금으로 말이오?"

"그렇소."

꿀꺽.

개방도가 마른침을 삼켰다. 그때 다른 개방도가 말하고 나섰다.

"어젯밤에 사건 현장에서 금발 한 명이 나타났다고 하지 않았나? 그 뭐냐…… 그래! 황금상단 사람들하고 같이 있었잖아!"

장한의 두 눈이 기광을 번뜩였다.

그때 마른침을 삼켰던 개방도가 동료의 옆구리를 꼬집었다.

"큭!"

[그걸 바로 말하면 어떡해! 그냥 주둥이 좀 닥쳐, 새끼야!]

콱!

"……!"

장한이 개방도의 머리를 움켜쥐었다. 뒤이어 퍽 하는 소리와 함께 머리가 수박처럼 터져 나갔다.

"헉!"

다른 개방도가 경악하며 뒤로 벌러덩 쓰러졌다. 장한이 검을 뽑아 개방도의 목에 갖다 대며 싸늘히 물었다.

"놈을 봤나?"

"보, 보지는 모, 못했습니다."

"황금상단이 머무는 객잔을 말해라."

"사, 살려 주십시오! 도, 돈도 바, 받지 않겠습니다!"

"말하면 살려 주마."

"싸, 쌍룡각…… 컥!"

잘린 머리가 떨어지며 피를 쏟아 냈다.

장한은 용모파기와 전낭을 챙겨 곧장 밖으로 나섰다. 그러다가 분타로 들어서던 두 명의 개방도까지 죽이고는 저잣거리로 향했다.

잠시 후 장한은 쌍룡각으로 들어섰다.

"어서 옵셔!"

"소면 한 그릇에 화주 한 병 가져오게."

"예! 잠시만 기다려 주십셔!"

"잠깐."

"더 시키실 거라도……."

"이곳에 황금상단이 머물고 있다는데 사실인가?"

"예. 하지만 그분들은 아침 일찍 떠나셨는뎁쇼?"

"어디로 갔는지 아는가?"

"그걸 소인이 어찌 알겠습니까요. 한데 그건 왜……."

장한은 대답 대신 은자 부스러기 하나를 쥐여 주고 밖으로 나섰다.

'아침 일찍부터 서둘렀어야 했는데…….'

시간이 벌써 오후로 넘어가고 있었다. 서둘러야 했다. 설사 설무진이 아니더라도 일단 확인을 해 봐야 했다.

장한은 나율과 청년들이 있는 곳으로 몸을 날렸다. 지나가던 사람들이 그가 한 마리 새처럼 지붕 위를 넘어가자 뒤로 엉덩방아를 찧었다.

* * *

하루 차이로 같은 도시를 지나간 연후와 황금상단은 이틀 후 완전히 다른 방향으로 갈라졌다.

쏴아아!

빗줄기가 점점 거세게 바뀌어 갔다.

강한 바람까지 더해졌지만 연후와 일행들은 속도를 줄이지 않았다. 그렇게 하루를 더 이동한 후에 연후는 말을 버리고 경공으로 이동할 것을 지시했다.

그렇게 하루를 더 이동하자 비는 그쳤고, 언제 그랬냐는 듯 눈부신 태양이 떠올랐다.

"육손."

"예."

"독수리들을 띄워야겠다."

"알겠습니다."

유유히 일행들을 따라오던 독수리들이 양방향으로 사라졌다. 독수리들이 사라진 곳은 혈가의 총단에서 백야벌로 향할 때 주로 이용하는 길목이었다.

연후와 일행들은 주변에서 가장 높은 봉우리로 올라가 그곳에서 독수리가 정보를 가져오기를 기다렸다.

반 시진쯤 기다렸을까?

독수리 한 마리가 돌아왔다.

"일단 제가 가서 확인을 해 보겠습니다."

서백이 떠났다. 하지만 돌아온 그의 입에서 실망스러운 말이 흘러나왔다.

"엉뚱한 자들이었습니다."

독수리도 완벽하지는 못했다. 일단 얼굴을 본 적이 없으면 누군지 분간하는 것이 불가능했다. 체취 역시 마찬가지였다.

하지만 수상한 무리가 나타나면 빨리 알려 주는 것만으로도 엄청난 도움이 되어 주고 있었다.

그 모습에 황태가 누구보다 가장 신기해하고 있었다.

"저게 가능하다니······."

"혈가가 만든 혈강시에 비하면 놀랄 것도 없소."

"내 눈에는 저 독수리가 더 대단해 보이는데……. 혹시 체취를 알고 있으면 그것도 추적이 가능한 거요?"

연후가 묵묵히 고개를 끄덕이자 황태는 실소를 머금으며 혀를 내둘렀다.

"누구라도 북부에 한 번 밉보이면 천하에 숨을 곳도 없겠소."

"그렇다고 봐야 할 거요."

모두는 가져온 건량과 술로 허기를 때웠다.

그러기를 얼마나 지났을까?

끼아악!

푸드득!

독수리 한 마리가 다시 돌아왔다.

"제가 확인해 보겠습니다."

이번에는 송영이 나섰다.

그리고 잠시 후 송영이 모두가 기다리는 답을 갖고 돌아왔다.

"적혼과 호위 여섯이 협곡 동쪽을 타고 이동하고 있습니다."

"확실하냐?"

"예. 얼굴이 확인 가능한 거리까지 접근해서 확실히 확인했습니다."

연후는 황태를 돌아봤다.

"흥분은 금물이오."

"참아 보겠소."

씨익.

황태가 먼저 일어섰다. 다른 이들도 잠시 놓아두었던 무기를 챙겨 일어섰다.

연후는 마지막으로 일어섰다.

이제 적혼이라는 대적이자 경쟁자를 사냥할 일만 남았다.

승패를 장담할 수 없는 강력한 상대이지만 연후는 성공을 확신하고 있었다.

"슬슬 시작해 볼까?"

* * *

적혼은 비를 극도로 싫어한다.

어렸을 적, 폭풍우가 퍼붓던 날에 눈앞에서 부모가 죽어 가는 모습을 생생히 본 이후부터였다.

"빗줄기가 가늘어질 때까지 쉬었다 간다."

"예."

적혼과 일행들은 비를 피할 만한 곳을 찾았다. 마침 가까운 곳에 관제묘가 하나 있어서 모두는 그곳으로 들어갔다.

인적이 거의 없는 곳에 세워진 관제묘의 상태가 좋을 리는 없었지만 적혼은 그나마 멀쩡한 곳에 자리를 잡고 앉았다.

"다들 푹 쉬어 둬."

"속하들은 밖을 살펴보겠습니다."

"됐어. 이런 오지에 누가 있다고."

"……예."

적혼은 수하들이 건넨 술과 말린 육포로 허기를 때웠다. 그는 한쪽에 장승처럼 서 있던 혈강시를 힐끗 쳐다보고는 지시를 내렸다.

"저놈 옷을 벗겨서 말려 주도록."

"알겠습니다."

이전의 혈강시들은 스스로 공력을 이용해 젖은 옷을 말릴 수 있었다. 하지만 새로 만든 혈강시는 이지가 사라진 까닭에 그게 불가능했다.

옷을 벗기자 사람의 그것과는 확연히 다른 피부가 드러났다.

적혼은 혈강시를 응시하며 슬며시 미간을 좁혔다.

'특수제작 중인 호각이 완성되었으면 좋았을 것을.'

조종 거리가 짧고, 호각을 이용했을 시 조종자가 너무 쉽게 발각된다는 약점을 보완하기 위해 특별한 호각을 제작하고 있었다.

적혼은 시기가 맞지 않아 호각을 가져오지 못한 것이 아쉬웠다.

하지만 크게 괘의치는 않았다. 혈강시를 데려가는 목적은 호위가 아니라 다른 것에 있었다.

'저놈의 강력함을 보게 된다면 어떤 표정들을 지을까?'

적혼은 회합에서 혈강시의 정체를 드러낼 계획이었다. 물론 원하는 바가 있어서였다.

우르릉!

쩌저적!

천둥벼락이 사납게 휘몰아쳤다.

"비가 쉽게 그칠 것 같지가 않습니다."

"일정을 서둘렀으니 조급해할 거 없다."

적혼은 느긋했다.

평상시 밖을 나설 때 항상 넓은 관도보다 인적이 드문 길을 택해 이동하던 그였다. 워낙에 조심성이 많은 성격 탓이기도 했지만, 번잡한 것을 극도로 꺼리는 까닭이었다.

그 탓에 이동에 남들보다 더 시간이 소요될 수밖에 없었고, 이번 백야벌행도 일정을 앞당겨 출발했기에 느긋한 것이었다.

그때 호위 하나가 일어섰다.

적혼의 측근이 물었다.

사냥을 시작할 때 〈187〉

"왜 일어서는 것이냐?"
"볼일 좀 보고 오겠습니다."

* * *

쏴아아!

연후는 거센 빗줄기 너머로 모습을 드러낸 관제묘를 바라봤다.

을씨년스러운 분위기가 감도는 관제묘의 주변에는 장정의 허리만큼 자란 잡초가 반경 삼십 장까지 펼쳐져 있었다.

숲은 그 너머에서부터 시작되고 있었다. 암습을 하기에는 결코 좋은 환경이 아니었다.

철우가 말했다.

"안에서 밖을 경계하고 있으면 몰래 접근하는 것은 불가능할 것 같습니다."

연후는 송영에게 물었다.

"동행자가 여섯 명이라고 했나?"

"예."

연후는 황태에게 물었다.

"어떤 자들인지 짐작 가는 바라도 있소?"

"적혼의 그림자라 불리는 놈들이 있소. 하나같이 초절정을 넘어섰고, 개중에는 독을 쓰는 놈도 있는데 그놈을 가장 조심해야 할 거요. 적혼이 가장 신임하는 놈이니까."

묵묵히 고개를 끄덕인 연후가 다시 관제묘로 시선을 돌릴 때였다. 문을 열고 혈포인 하나가 밖으로 나서는 것이 보였다.

혈포인은 나서기가 무섭게 바지춤을 끄르더니 관제묘 뒤쪽으로 돌아갔다.

"한 놈은 쉽게 끝낼 수 있겠군."

"제가 처치하겠습니다."

철우가 나섰다.

"악소, 네가 같이 가라."

"저 혼자 충분합니다, 주군."

"은밀하게 하려면 확실한 게 좋아."

"……예."

철우와 악소가 소리 없이 움직였다.

연후는 육손을 돌아봤다.

"하독이 가능하겠느냐?"

"비바람 때문에 쉽지 않을 것 같은데…… 하지만 관제묘까지만 몰래 접근한다면 틈을 이용해 충분히 가능할 것도 같습니다."

"무영, 네가 도와줘라."

"알겠습니다."

백무영와 육손이 관제묘로 향했다.

연후의 지시가 이어졌다.

"서백, 너는 근처에서 가장 높은 곳으로 올라가 자리 잡고, 송영과 위량은 이곳에서 대기하다가 상황을 봐서 개입한다."

"옙!"

"예, 주군."

백운과 서령이 동시에 물었다.

"저는…… 뭘 하면 됩니까?"

"저는요?"

"두 사람은 우리와 함께 정면으로 치고 들어간다."

"흐흐흐. 알겠습니다."

가장 선호하는 방식이라 마음에 들은 것인지 백운이 이를 드러내며 웃었다. 서령은 그냥 말이 없었다.

한편 황태는 의외라는 표정을 지었다.

'이 정도 전력이면 그냥 치고 들어갈 줄 알았는데…….'

그는 연후가 이처럼 세심하게 나올 줄은 예상하지 못했다.

"언제 들어갈 생각이오?"

"육손의 상황을 봐서 결정할 생각이오."

"그냥 치고 들어가도 충분할 것 같은데……."

"지금 우리는 토끼를 사냥할 때조차 최선을 다하는 호랑이가 되어야 하오."

"……알겠소."

황태는 머쓱한 표정을 지으며 백운을 돌아봤다. 백운이 히죽 웃었다.

[그냥 시키시는 대로 하시오.]

황태는 새삼 연후의 대단함을 느꼈다.

하나같이 한 지방의 패주를 자처하고도 남을 존재들이 연후의 한마디에 한마디 이견조차 없이 움직이고 있었다.

우르릉!

쩌저적!

제법 가까운 곳에서 벼락이 거미줄처럼 얽히며 늘어졌다.

그때 관제묘 뒤쪽 숲에서 철우가 모습을 드러내더니 손가락을 동그랗게 말아 쥐었다.

볼일을 보던 혈포인을 제거한 모양이었다.

"결코 쉽지 않은 놈이었을 텐데……."

"인간이 가장 방심을 할 때가 볼일을 볼 때가 아니겠소. 게다가 악소까지 나섰으니 힘들면 그게 더 이상할 거요."

"하긴."

황태는 쓴웃음을 지었다.

천하의 철우에 야차왕까지 나섰으니 어쩌면 죽은 놈이 더 영광스러워할지도 모를 일이었다.

그때였다.

육손이 관제묘의 지붕으로 올라서고 있었다.

"준비하시오."

스르릉.

연후가 검을 뽑자 황태도 검을 뽑았다. 백운은 어깨에 걸치고 있던 대도를 내리며 물고 있던 풀잎을 뱉었다.

꽈르릉!

벼락을 동반하지 않은 천둥이 우레처럼 울렸다.

바로 그때 육손이 허공으로 뛰어올랐다. 동시에 그가 섰던 곳에서 혈광이 뿜어졌다.

콰지직!

하독에 실패했음을 직감한 연후는 그대로 땅을 박차고 뛰어올랐다. 황태와 백운, 서령이 뒤를 따라 몸을 날렸다.

쾅!

거의 동시에 관제묘의 문이 박살이 나며 혈포인들이 뛰쳐나왔다.

* * *

적혼은 벽에 기댔던 몸을 일으키며 검을 잡았다.

그는 밖으로 나서지 않았다. 비록 지붕 위에서 인기척을 감지했지만 상대의 정체가 밝혀지기 전까지 자신이 나설 필요는 없었다.

"알았어요!"

백운과 서령이 관제묘 뒤쪽으로 날아갔다.

적혼의 호위들과 측근이 악소 등을 맞아 맹렬히 싸우고 있었다. 누구라도 이런 상황이면 즉각 적혼의 곁으로 돌아와야 하건만, 그들에게 그럴 여유는 없었다.

연후는 적혼을 직시했다.

"꽤 놀란 모양이군."

적혼의 흔들리는 눈빛이 연후에게서 황태로 이동했다.

황태가 그를 향해 무심히 말했다.

"오랜만이오, 가주."

"네놈이었군. 동선을 알려 준 것이……."

"물론이오."

"저놈하고 붙었느냐?"

"당신 덕분에 그렇게 되었소."

"그때 숨통을 끊어 놓았어야 했는데……."

"그러게 말이오."

"으악!"

또 한 번의 단말마가 울렸다.

연후는 적혼의 눈빛이 아주 미세하게 흔들리는 것을 보았다.

황태가 연후를 돌아보며 말했다.

"약속대로 저자는 내가 맡겠소."

"그런 약속을 한 적은 없는데."
"……뭐요?"
"놈의 목을 베는 건 허락하겠소. 하지만 싸우는 건 나요."
"……!"
"이제 막 정이 들기 시작했는데, 함께 오랫동안 살아야지 않겠소."

파르르…….

많은 뜻이 함축된 말이었다. 그 말에 담긴 뜻을 모를리 없는 황태가 눈빛을 떨었다.

씨익.

황태가 웃었다.

"알겠소. 대신 약속은 꼭 지키시오."
"그러리다."

황태의 검끝이 혈강시를 향해 돌아갔다. 이미 혈광이 감도는 눈동자를 보고 혈강시임을 눈치채고 있었다.

"달랑 여섯만 끌고 나왔다고 해서 이상하다 싶었는데…… 이놈을 믿고 있었던 모양이군. 후후후."
"너 정도는 충분히 죽일 실력은 되는 놈이지."

싸늘히 비웃은 적혼이 혈강시에게 명령을 내렸다.

"그놈을 죽여라. 갈기갈기 찢어서."

크크크…….

적혼의 곁을 지키고 섰던 혈강시가 황태를 향해 움직이

기 시작했다.

적혼은 다시 연후를 노려봤다.

"수적 우세는 믿지 않는 게 좋을 것이다, 이연후."

"걱정 마. 너는 나 혼자 상대할 거니까."

"그래? 그러면 나야 고맙지. 후후후."

펑펑펑!

뒤쪽에서 폭음이 울렸다.

"독연입니다! 조심하세요!"

육손의 외침이 이어졌다.

하지만 연후와 적혼은 마치 딴 세상에 따로 뚝 떨어진 것처럼 아랑곳하지 않았다.

연후의 검이 청광을 머금어 갔다.

반대로 적혼의 검은 혈광을 둘렀다.

치르륵.

연후는 적혼을 직시하며 물었다.

"내게 가져가야 할 것이 있지 않나?"

"있지. 광마의 검."

"역시 그랬군. 그럼 내가 원하는 것을 말해 줄까?"

"얼마든지."

"광마혼."

꿈틀.

적혼의 눈썹이 휘어졌다. 하지만 이내 이를 드러내며

차갑게 웃었다.

"잘됐군. 오늘 여기서 이기는 쪽이 진정한 광마의 주인이 될 수 있을 테니까."

콰아아!

적혼이 기를 개방하자 빗줄기가 폭풍에 휩쓸린 것처럼 마구 휘어지며 연후를 덮쳤다.

따다다당!

암기처럼 변해 버린 빗줄기가 연후의 호신강기에 막혀 사방으로 튕겨 나갔다.

퍼퍼퍼퍽!

튕겨 나간 빗줄기로 인해 관제묘의 벽에 수많은 구멍이 생겨나는 가공할 광경이 펼쳐졌다.

'이 정도였나?'

상상을 불허하는 공력이었다.

팡!

적혼이 움직였다.

잔상조차 남기지 않는 가공할 속도는 엄청난 파괴력을 동반했다.

꽝!

검과 검이 부딪치며 폭음이 일었다.

충격의 여파로 인해 관제묘의 한쪽이 붕괴되었고, 파편이 뒤쪽으로 날아가면서 백무영 등을 덮쳤다.

콰르르…….

한 번의 충돌로 연후와 적혼, 둘 다 눈빛이 변했다. 연후는 연후대로, 적혼은 적혼대로 내심 놀람을 금치 못했다.

'위연광이나 우문적과는 차원이 다르다!'

'이대로 십 년만 더 지나면 천하는 이놈의 세상이 되고도 남겠군.'

꽈과꽝!

황태와 혈강시가 맹렬히 싸우기 시작했다.

연후와 적혼은 아랑곳하지 않고 서로를 향해 검을 치켜들었다.

"지금이라도 광마의 초식을 내놓아라. 하면 고통 없이 죽여 줄 것을 약속한다."

"악당의 약속 따윈 믿지 않아."

"그러는 너는 영웅이라도 된단 말이냐?"

"영웅은 싫고, 악당을 때려잡는 저승사자라 해 두지."

"발칙한 놈."

팡!

적혼이 다시 움직였다.

꽈과꽝!

짧은 시간에 열 번의 공방이 이어졌고, 연후는 방어에 집중했다. 연후는 순식간에 십 장이나 뒤로 밀려났다.

승세를 잡았다고 판단한 걸까?

적혼의 입가에 비릿한 조소가 떠올랐다.

그때였다. 적혼의 뒤로 백무영과 악소 등이 떨어져 내렸다.

뒤이어 철우와 백운, 육손이 나타났고, 한참 떨어진 곳에서 상황을 주시하던 송영과 서위량도 모습을 드러내었다.

적혼이 옆으로 빠지며 그들을 돌아봤다.

'다…… 죽었단 말인가?'

믿기지가 않았다.

수하들은 하나같이 고수였고, 경험 역시 풍부한 전귀들이었다. 게다가 한 명은 독으로 최고 수준에까지 올라 있었다.

백무영이 연후를 향해 말했다.

"모두 처치했습니다."

"물러서라."

연후의 한 마디에 다가서던 모두가 그 자리에 멈췄다. 연후는 자세를 고치며 적혼을 바라봤다.

"걱정할 거 없어. 말했다시피 너는 나 혼자 상대할 테니까. 여기서 나를 죽인다고 해서 저들이 공격할 일이 없음을 약속하지."

팟.

적혼의 동공 깊숙한 곳에서 혈광이 터졌다.

"그렇다면 오래 끌 거 없이 바로 끝장을 봐 주지."

짜자작!

적혼의 혈포가 **빳빳**하게 일어섰다.

뒤이어 머리카락까지 칼날처럼 일어서며 마치 고대의 전설에 나오는 지옥의 야수처럼 바뀌어 갔다.

[조심하시오! 그자가 가장 강력한 초식을 쓰려 하고 있소!]

황태의 전음이 연후의 귓속을 파고들었다.

그때 연후의 두 눈이 백무영을 비롯한 모두를 쓸고 지나가며 기광을 발했다.

[지금이다!]

연후가 먼저 움직였다.

금강벽에 혈마진기를 섞은 살초가 수십 개의 환영과 함께 적혼을 덮쳤다.

"흥!"

적혼이 싸늘히 코웃음 치며 연후를 향해 그대로 달려나갔다. 이대로라면 둘 중 하나는 죽든가 중상을 입을 수밖에 없는 상황.

바로 그때였다.

쐐애액!

적혼은 등 뒤에서 날아드는 강력한 힘에 흠칫하며 몸을

비틀었다. 동시에 수중의 검을 수직으로 떨어뜨렸다.

꽝!

적혼이 쳐 낸 것은 백무영의 창이었다.

그다음은 악소의 검과 백운의 대도였다.

꽈광!

콰지직!

적혼의 두 다리가 땅속을 파고들었다.

일그러진 얼굴이 경련을 일으켰다.

"비열한 새끼……."

퍽!

소리 없이 날아든 한 줄기 기운이 적혼의 등을 강타했다.

"……!"

온몸을 찢어 버릴 것 같은 충격에 적혼은 비명조차 지르지 못하고 앞으로 꼬꾸라졌다. 하지만 재빨리 균형을 잡고 손바닥으로 땅을 후려치고는 반력을 이용해 허공으로 솟구쳐 올랐다.

하지만 얼마 뛰어오르지 못한 채 적혼은 허공에서 멈춰 설 수밖에 없었다.

쩌저적!

순식간에 바닥에서 솟구친 얼음이 그의 움직임을 완벽하게 제어한 까닭이었다. 뒤이어 광채로 만들어 놓은 것 같은 밧줄이 날아들어 적혼의 몸을 옭아맸다.

꽈아악!

"큭!"

엄청난 압력에 적혼의 얼굴이 무참히 일그러졌다. 뒤이어 한 번 더 충격이 일었고, 그는 단전에서 힘이 빠져나가는 것을 느끼며 한쪽 무릎을 꿇었다.

철퍼덕!

* * *

연후는 웃었다.

예상보다 쉽게 적혼을 사로잡았다.

일부러 밀리는 척을 하며 방심을 유도한 것이 주효했다. 또한 거짓말도 한몫했다.

"네놈이 그러고도 팔대가문의 주군이라 할 수 있겠느냐!"

연후는 붉게 충혈된 눈으로 자신을 노려보는 적혼을 향해 다가갔다.

"너를 사로잡기 위해 거짓말을 할 수밖에 없었지. 나 혼자 상대했다면 죽일 수는 있어도 사로잡는 것은 불가능할 것 같아서 말이야."

으드득!

"그런데 아무리 그렇다고 적의 말을 그렇게 쉽게 믿어서야 쓰나. 쯧쯧쯧."

"크으……."

"그리고 이제 와서 말하는데…… 난 협객이 아니야. 어쩌면 너보다 더한 악당일지도 모른다, 적혼."

꽈과광!

콰콰콱!

그 와중에도 황태와 혈강시는 맹렬히 싸우고 있었다.

그때 적혼이 소리쳤다.

"이놈을 죽여라!"

그러자 혈강시가 돌연 방향을 틀어 연후를 향해 달려왔다.

그걸 가만히 보고 있을 백무영 등이 아니었다. 백무영과 악소가 혈강시를 향해 달려들었고, 황태까지 합세하니 그 무섭던 혈강시도 맥을 못 추고 순식간에 쓰러졌다.

기괴하면서도 황당했던 것은 팔이 떨어지고 다리가 잘려 나가면서까지도 자신을 공격하는 백무영 등을 상대하는 것이 아니라 오직 연후를 향해 달려가려 했다는 점이었다.

오직 주어진 명령에만 따르는 혈강시의 또 다른 치명적 단점이 드러난 것이다.

"또 싱겁게 끝나 버렸네."

심드렁하게 중얼거린 서령이 반파된 관제묘로 들어가 자리를 잡고 앉았다. 공교롭게도 연후와 함께 뭔가를 하면 항상 예상보다 수월하게 일이 마무리되곤 했다.

압권은 바로 오늘이었다.

적혼이라는 천하의 거물을 사로잡는 데 걸린 시간이 불과 두 식경도 걸리지 않았다. 그러니까 밥 두 끼를 먹을 시간조차 걸리지 않고 혈가의 가주를 생포한 것이다.

서령은 적혼의 앞에 우뚝 서 있는 연후를 응시하며 한 손으로 턱을 괴었다.

'머지않아 저 사람이 천하의 주인이 되는 건 아닐까? 이대로라면 전혀 문제가 없을 것 같은데…….'

* * *

적혼이 연후를 올려다보며 웃었다.

"광마혼을 본 좌가 내줄 거라고 보느냐?"

"물론이다."

"흐흐흐."

"조금 전에도 말했지만 나는 너보다 더한 악당일 수도 있는 사람이야. 그 말은 곧 네가 상상조차 할 수 없는 짓까지 저지를 수 있다는 뜻이지. 그래서 나는 확신한다. 네가 광마혼을 내줄 거라고."

"개소리를 잘도 지껄이는구나. 어디 네놈 마음대로 해 보거라!"

"안 그래도 그럴 생각이다."

연후는 서령을 돌아봤다.

시선이 마주치자 서령이 눈을 살짝 치떴다.

"왜요?"

"광마혼을 단전에 보관할 수도 있다고 했던 것 같은데……."

"내단의 형태로 갖고 있다면 충분히 가능하죠. 그곳만큼 안전한 곳은 없을 테니까요. 잠깐! 지금 설마…… 배를 가르게요?"

"확인은 해 봐야지 않겠나."

파르르…….

적혼이 눈빛을 떨었다. 찰나의 순간이었지만 결코 연후의 눈을 벗어나지는 못했다.

'넌 결코 나보다 독하지 못하다, 적혼.'

"송영."

"예!"

"놈의 배를 갈라라."

"알겠습니다. 한데 죽이고 가를까요? 아니면 산 채로……."

"혹시 없을지도 모르니까 산 채로 해야겠지. 없으면 살려서 다시 추궁을 해 봐야 하니까."

"알겠습니다."

스르릉!

송영이 검을 뽑아서는 적혼에게로 성큼성큼 다가섰다.

"무인의 명예를 지켜라, 이노옴!"
"악당에게 명예는 무슨. 어서 갈라라."
"옙!"
이미 혈도를 제압당한 적혼은 입을 여는 것을 제외하고는 옴짝달싹할 수가 없었다.
그런 적혼의 하복부에 송영이 검을 갖다 대며 씩 웃었다.
"날 원망하지 마. 난 그저 주군께서 명하시니 하는 거니까. 대신 최대한 아프지 않게 빨리 끝낼게."
푹!
"자, 잠깐!"
송영의 검이 살갗을 파고들 때, 적혼이 부르짖듯 소리쳤다.
"광마혼은…… 총단의 본 좌 거처에 있다!"
연후는 슬며시 미간을 좁혔다. 그러고는 황태를 돌아보며 물었다.
"이자의 말을 믿어도 되겠소?"
"나 같으면 안 믿을 거요. 보나 마나 시간을 끌면서 기회를 엿보려는 수작일 거요."
연후는 묵묵히 고개를 끄덕이고는 송영에게 눈짓을 보냈다.
푹!
"자, 잠깐!"

한 치 정도 파고 들어간 검이 다시 멈췄다.
적혼은 다시 부르짖었다.
"광마혼을 주겠다! 대신……."
콰악!
치아가 파고든 입술에서 피가 흘러내렸다.
"살려다오. 살려 주면…… 모든 것을 버리고 강호를 떠나겠다."
"에잉?"
송영이 기가 찬다는 표정을 지었다.
장내의 모두가 똑같은 표정이었다. 천하의 거물 적혼이 목숨을 구걸하다니.
"뭐야, 저 자식."
"어이가 없네."
다만 한 사람, 황태는 두 눈에 살기를 머금었다.
'저런 놈에게 내 삶을 빼앗겼다니…….'
연후가 나섰다.
"약속할 수 있나?"
"야, 약속하겠다!"
"좋아. 받아 주지."
황태가 흠칫하며 무슨 말을 하려 할 때였다.
연후의 전음이 흘러들었다.
[내게 맡기시오.]

"……!"

그때 적혼이 입에서 뭔가가 나왔다.

쏟아지는 빗줄기 속에서도 휘황찬란한 빛을 발하는 내단이었다.

광마혼이었다.

송영이 광마혼을 받아 연후에게 건네고는 빗물에 손을 마구 문질러 댔다.

슥슥슥!

"윽. 더러워."

연후는 광마혼을 내려다봤다.

그저 빛이 나는 작은 구슬에 불과한 모습이건만, 보고 있자니 몸속에서 힘이 맹렬하게 들끓어 오르는 것 같았다.

연후는 광마혼을 품속에 갈무리하고는 적혼을 내려다봤다.

착각일까? 적혼의 얼굴이 십 년은 더 늙어 보였다.

"내 말을 기억하나?"

"……!"

"난 악당과의 약속 따윈 의미가 없다고 생각하는 사람이야. 그리고 난 협객이 아니라 너보다 더한 악당이기도 하고."

바르르…….

적혼의 두 눈이 한껏 커지더니 눈가가 찢어지며 피가 뚝뚝 떨어졌다.
 연후는 황태를 돌아봤다.
 황태가 앞으로 나섰다. 온갖 감정이 얽혀 있던 그의 두 눈이 한순간 고요하게 가라앉았다.
 "죽어 지옥에서 다시 만납시다."
 서걱!
 철퍼덕!
 잘린 머리가 땅으로 떨어졌다.

 * * *

 "거물치고는 마지막이 참 추했습니다."
 "그렇게 봤나?"
 "달리 보셨습니까?"
 "놈은 끝까지 기회를 만들려고 했다. 지금껏 쌓아 올린 명예를 버려 가면서까지……."
 "……."
 "오히려 쉽게 포기하는 것이 더 쉽다고 봐야 한다면…… 적혼의 마지막 행동은 집념이라고 봐야 옳을 것이다."
 모두가 고개를 끄덕일 때, 송영이 다른 말을 했다.

"그래도 저는 그냥 죽어 버리겠습니다. 쪽팔리게 그게 뭐야."

빡!

"켁!"

철우의 주먹이 송영의 뒤통수를 후려갈겼다.

6장
설무진을 쫓아온 나율

설무진을 쫓아온 나율

압도적인 결과로 막을 내렸지만 대가도 치렀다.

혈강시와 일대일로 붙었던 황태가 제법 큰 내상을 입었다.

다행히 목숨에 지장이 있을 정도는 아니었지만, 이전에 입었던 부상도 완벽히 다 완치되었던 것은 아니었기에 가볍게 볼 수는 없었다.

본인은 괜찮다고 했지만 연후는 가까운 도시로 들어가 사흘 동안 그곳에서 머물며 황태의 내상을 돌보기로 결정했다.

물론 백야벌에는 전서를 보내 양해를 구했다. 과거였다며 어림도 없는 일이겠지만 철군악이 알아서 해 줄 거라 믿었다.

연후는 황태와 마주 앉았다.

창백한 안색의 황태는 탕약을 차처럼 마셨고, 연후는 술잔을 기울였다.

"이전의 혈강시보다 내구력이 훨씬 더 강화된 것 같았소. 공격력은 말할 것도 없고……."

황태가 혈강시에 대해 말을 하면서 고개를 절레절레 흔들었다.

"그런 놈들이 더 있다면…… 적혼이 죽었다고 해도 혈가는 여전히 막강하다고 봐야 할 거요."

연후는 묵묵히 고개를 끄덕이며 술잔을 기울였다. 그러고는 다른 것을 물었다.

"적혼을 이어 주군이 될 자가 누군지 아시오?"

"적혼은 적통을 두지 못했소. 설사 적통이 있다고 해도 혈가는 오직 가장 강한 자가 주군의 자리에 오르게 되어 있소. 그런 의미에서 보자면…… 장로원주가 유력하다고 봐야 할 거요."

"어떤 인물이오?"

"무력은 결코 적혼에 못지않소. 다만 지나치게 조심성이 많은 성격 때문에 적혼에게 신뢰를 잃고 권력의 뒤편으로 물러났는데…… 그 영감이 생각만 바꾸면 주군의 자리에 오르는 것은 그리 어렵지 않을 것이오."

연후는 슬며시 미간을 좁혔다.

지나치게 조심성이 많은 성격이 오히려 더 위험할 수도 있었다. 적혼을 예상보다 쉽게 무너뜨릴 수 있었던 것도 그가 자신의 능력을 너무 과신했기 때문이었다.

만약 그가 조금만 더 냉철했다면 결과는 달라졌을지도 모를 일이었다.

"음……."

황태가 손으로 복부를 누르며 인상을 찡그렸다. 통증이 올라온 모양이었다.

"약을 먹고 그만 쉬도록 하시오."

황태가 나가려는 연후를 불러 세웠다.

"주군."

연후가 돌아보자 황태가 식은땀을 흘리면서도 씩 웃었다.

"고맙소."

"별말씀을."

연후는 문고리를 잡으려다가 황태를 돌아봤다.

"주군이라 부르는 것을 허락한 적이 없는 것 같은데……."

"내 마음대로 정했소. 우문 형님이 강력히 꼬드긴 것도 있고. 말투까지는 힘들 것 같으니 이해하시오."

"의형제라도 맺은 거요?"

"어쩌다 보니 그렇게 되었소. 그럼 내일 아침에 봅시다."

* * *

 비가 그치고 더위가 몰려왔다. 초여름치고는 지나치게 뜨거운 날씨였다.

 황태의 거처를 나온 연후는 도시를 둘러싼 산을 바라보며 나지막이 숨을 골랐다.

 '백야벌을 다녀오면 광마의 검부터 완성을 시켜야겠어.'

 서문회가 아수라천마의 마공을 익혔다는 것을 알게 된 이후부터 무거웠던 마음이 한결 홀가분해졌다.

 "저기요?"

 뒤쪽에서 서령의 목소리가 울렸다.

 돌아보니 그녀가 큼지막한 바구니를 들고 걸어오고 있었다. 바구니 속에는 먹음직스러운 과일이 잔뜩 담겨 있었다. 저잣거리에 다녀오는 모양이었다.

 "광마혼은 복용했어요?"

 "백야벌을 다녀와서 해 볼 생각이다."

 "내가 훔쳐 가기 전에 얼른 해결하는 게 좋지 않을까요? 어떻게 될지 궁금하기도 하고……."

 "네가 왜 궁금하지?"

 "혹시 알아요? 그거 먹고 확 죽어 버릴지."

"……."

휙!

과일 두 개가 허공을 날아왔다.

척!

"꽤 달더군요. 나중에 식사하고 후식으로 드세요. 아! 그리고 돈 좀 주세요. 그놈들하고 싸우다가 이렇게 되어 버렸거든요."

서령이 자신의 옆구리를 가리켰다. 칼에 베였는지 무복 한쪽이 한 자가량 벌어져 나풀거리고 있었다.

"나중에 송영, 그 녀석한테 달라고 해."

"그러죠. 그럼 나중에 봐요."

연후는 객잔으로 들어가는 서령의 뒷모습을 보며 눈빛을 가라앉혔다.

서령이 이제는 더 이상 악연으로 얽힌 사람처럼 느껴지지가 않았다. 오히려 함께해 준다는 것에 고마운 마음이 들곤 했다.

서령이 돌아가자 철우가 다가왔다.

"오늘이 사흘째인데, 내일은 백야벌로 떠나야지 않겠습니까?"

"그래야지. 그나저나 육손, 녀석은 좀 어때?"

"가벼운 부상이라 괜찮은 것 같습니다. 다만 독연을 조금 마신 것 때문에 기침이 좀 심해진 것 같습니다."

육손도 부상을 입었다. 상대의 독공을 막으려다가 입은 부상이었다.
　물론 독을 쓴 상대는 육손의 독에 그 자리에서 녹아 버리는 참혹한 죽음을 맞았다.
　"이제 전가와 월가만 남은 겁니까?"
　"그런 셈이지. 하지만 혈가는 여전히 막강하고, 새외 세력들도 언제 다시 침공을 해 올지 모르니 한시도 긴장의 끈을 놓아서는 안 된다."
　"알겠습니다."
　철우는 대답을 하며 흐릿하게 웃었다.
　철혈가와 북부무림의 재건을 위해 사력을 다할 때가 엊그제 같은데, 이제 연후는 새외 세력의 침공을 걱정하고 있었다.
　스스로 돌아봐도 믿기지 않을 정도의 비약적인 발전이었다.
　'이 속도로만 나아가면 머지않아 천하의 주인이 되시겠군. 후후후.'
　"웃음하고는 담을 쌓은 놈이 바보처럼 실실 웃다니…… 무슨 기분 좋은 일이라도 있나?"
　"……아닙니다."
　그때였다. 송영이 다가와 말했다.
　"서 소저가 돈을 달라고 하던데…… 드릴까요?"

"옷을 해 입어야 한다니 넉넉하게 주도록 해."

"그럼 저도 한 벌 해 입을까요?"

송영이 말을 하며 왼쪽 소매를 들어 보였다. 소매 끝자락 일부가 베어지고 찢어져서 너덜거리고 있었다.

"그냥 입어라."

철우의 말에도 송영은 아랑곳하지 않고 연후만 쳐다봤다.

"같이 나가서 한 벌 해 입도록 해."

"감사합니다!"

비로소 입이 귀밑까지 찢어지는 송영.

하지만 철우의 날아든 주먹을 피할 순 없었다.

딱!

* * *

설무진은 머리를 틀어 올리고 두건을 썼다. 그리고 뒷자락을 목덜미까지 늘어뜨리자 그가 금발이라는 것을 알아볼 수 있는 사람은 아무도 없었다.

"오호! 그러니까 더 멋지십니다!"

용천이 엄지손가락을 치켜세웠다.

설무진은 뒤를 돌아봤다. 나율의 흔적을 발견한 이후로 그는 습관적으로 뒤를 돌아보거나 다가오는 사람이 있으면 신경을 곤두세웠다.

도시를 떠난 지 사흘이 지나도록 아무 일도 벌어지지 않았지만 조금도 긴장의 끈을 놓을 수가 없었다.

그리고 나흘째가 되던 날.

설무진은 드디어 백야벌의 정면으로 바라볼 수 있었다.

'엄청나군.'

그저 보는 것만으로도 위압감이 밀려들었다. 북해의 북해빙궁도 이 정도의 위압감은 주지 못했다.

"엄청나지 않습니까? 한낱 구조물이 사람을 압도하다니 말입니다."

용천은 아예 벌린 입을 다물지 못했다.

"촌티 그만 내라."

"……예."

잠시 후 설무진은 백야벌의 정문을 넘어섰다. 왕적이 제한된 인원에 그와 용천을 넣어 준 덕분이었다.

[설마 우리를 알아보는 놈은 없겠죠?]

[무슨 걱정이냐. 그때 우리는 철가면을 쓰고 싸웠지 않느냐.]

[아, 그럴 깜박했습니다.]

북해에서 백야벌과 전투를 치를 때, 철인족은 그들만의 철가면을 쓰고 싸웠다. 그러니 그때 그곳에서 전투를 벌였던 자들이 있다고 해도 들킬 염려는 전혀 없었다.
 한편 설무진이 황금상단과 함께 백야벌의 정문을 넘어갈 때, 그들을 지켜보는 자들이 있었다.

※ ※ ※

 "두건을 쓴 놈이 설무진이겠군."
 "그렇습니다."
 나율은 백야벌의 정문을 넘어가는 설무진의 뒷모습을 응시하며 안광을 번뜩였다.
 "조금만 일찍 따라붙었더라면 좋았을 것을……."
 "걱정하지 마십시오. 일을 끝내고 돌아갈 때 죽여 버리면 되지 않겠습니까. 일단 머물 곳부터 잡아야 할 것 같습니다."
 "그렇게 해."
 개방 분타에서 설무진으로 추정되는 자의 행적을 알아낸 이후, 나율과 일행들은 오가는 사람들의 입을 통해 간신히 황금상단의 동선을 알아낼 수 있었다.
 그리고 추격을 했지만 처음부터 워낙에 거리가 벌어졌던 까닭에 지금에서야 뒤를 따라잡을 수 있었던 것이다.
 나율은 설무진이 시야에서 사라지자 백야벌의 웅장한 성채를 바라봤다.

"중원무림을 정복하려면 이곳부터 무너뜨려야 하는 걸까?"

"백야벌은 중원무림의 심장과도 같은 곳입니다. 당연히 이곳을 무너뜨리면 궁의 대업은 쉽게 완수할 수 있을 것입니다. 하지만 처음부터 이곳을 노린다는 것은 큰 위험이 따르니 가지부터 쳐 내는 것이 좋지 않겠습니까."

"팔대가문을 말하는 것이냐?"

"그렇습니다."

"팔대가문이라……."

나율이 말끝을 흐리며 미간을 슬며시 찡그렸다. 그러다가 뭔가를 떠올리고는 장한을 돌아봤다.

"본 궁에서 최단 거리로 남하하면 북부무림을 관통한다고 했던가?"

"그렇습니다."

"그럼 그곳부터 무너뜨려야겠군."

"마땅히 그래야 하지만 당대의 북부무림은 주군이 바뀐 이후로 과거와는 비교조차 할 수 없을 정도로 강력해진 상태입니다. 벌써 팔대가문의 한 곳이 그들에게 병합을 당했습니다."

"또 위험하다는 말을 하려는 것이냐?"

"신중을 기하시는 것이 좋다는 뜻이었습니다."

피식.

"북부무림 따위를 상대하는 데 신중을 기할 필요까지 있을까?"

나율의 입가에 비웃음이 떠올랐다.

북부무림과 관련한 정보는 그도 꽤 많이 알고 있었다. 하지만 나율에게 북부무림은 안중에도 없었다.

천하최강이라 자부하는 빙궁의 정예들이라면 며칠 만에 쓸어버릴 수 있을 거라 자신하고 있었다.

"배고프다. 밥 먹으로 가자."

"예."

잠시 후 나율과 일행들은 저잣거리에서 가장 크고 화려한 객잔으로 들어갔다.

객잔은 손님들로 북적거렸고, 지리적인 특성상 대부분이 무림인들이었다.

적발에 벽안을 한 나율이 들어서자 모든 이들의 시선이 잠깐 그들에게 쏠렸지만 이내 와자지껄한 분위기로 돌아갔다.

백야벌과 거래를 하는 상인들 중에는 색목인들이 꽤 있어서 딱히 특별할 것도 없었던 까닭이다.

"소궁주, 여기서는 성정을 죽이셔야 합니다."

"알았으니 술이나 시켜."

나율은 느긋한 표정으로 창밖을 응시했다. 객잔 안이나 밖이나 오가는 사람들 대부분이 무기를 소지한 무림인들이었다.

나율의 미간이 슬며시 일그러졌다.

"하나같이 비단옷에 화려한 장신구를 걸쳤군. 미개한 것들이 누리기에는 조금 지나치단 말이지. 후후후."

"소궁주! 말씀을 좀……."

"아, 미안."

장한은 불안했다.

절제가 부족한 나율이 언제 또 사고를 칠지 모를 일이었다. 다른 곳이라면 몰라도 중원무림의 심장이라 할 수 있는 백야벌의 앞마당에서 자칫 잘못했다가는 천추의 한을 남길 수도 있었다.

장한으로서는 황금상단이 하루라도 빨리 용무를 끝내고 백야벌을 나서기를 바랄 뿐이었다. 그 시간이 얼마나 걸릴지는 모르지만 그때까지는 매시간이 불안의 연속이 될 터였다.

그때였다. 객잔 안으로 한무리의 무사들이 들어섰다.

인원수 제한에 걸려 백야벌로 들어가지 못한 황금상단의 무사들이었다.

그들이 들어서자 나율의 눈동자가 묘한 빛을 머금었다.

"설무진, 그놈이 어째서 저들과 동행을 하는 걸까?"

장한도 그 점이 궁금했다.

하지만 그보다 나율의 대한 걱정이 앞섰다. 혹시라도 그가 그것을 알아보겠다며 황금상단의 무사들을 족칠 생각을 한다면 일이 커질 수도 있었다.

"속하가 나중에 한번 알아보겠습니다."

"내가 사고를 칠까 봐서 아주 전전긍긍이군. 그런 거냐?"

"……."

그때 황금상단의 무사들 중 몇 명이 나율 일행의 뒤쪽 탁자에 자리를 잡았다.

앉기가 무섭게 나율의 귀를 솔깃하게 만드는 말이 한 무사의 입을 통해 흘러나왔다.

"오랫동안 충성을 다한 조장님을 빼고 신입들을 데려가다니…… 빌어먹을! 이거 뭐가 잘못되어도 한참 잘못된 거 아니냐?"

"그러게 말이다. 그 금발 자식이 뭐가 그렇게 좋다고. 젠장할!"

"아니꼬우면 너희들도 강해지든가. 솔직히 내가 단주님이라도 마찬가지일 거다. 그 정도 고수를 휘하에 두는 게 얼마나 힘든 일인지는 너희들도 잘 알잖아."

"아무리 그래도 이건 아니지, 자식아! 근본도 모르는 놈한테 은자 오천 냥이라니! 너는 이게 말이 된다고 보냐?"

"그 정도 고수면 결코 많은 돈은 아니지. 너희들도 봤잖아. 전주님들도 어쩌지 못하던 그 괴물 같은 놈과 정면으로 충돌하고도 멀쩡하던 모습을 말이다."

"……"

"그러니 그만 투덜대고 술이나 마시자."

이렇게 끝나는 줄 알았다. 한 무사가 나율을 발견하고 한마디 하기 전까지는.

"젠장! 여기도 금발을 한 놈이 앉았네. 어째 구린내가 진동을 한다 했다. 퉤!"

"멍청아, 저게 어떻게 금발이냐. 적발이구만."

"코쟁이 놈들이 다 거기서 거기지, 자식아!"

나율의 눈썹이 칼날처럼 휘어지는 순간이었다.

[참으셔야 합니다, 소궁주! 나중에 돌아갈 때 모조리 죽이면 됩니다!]

장한은 재빨리 전음을 날렸다.

툭!

나율의 손에서 부러진 젓가락이 땅으로 떨어졌다.

피식.

"표정하고는. 내가 무슨 어린애도 아니고."

"……!"

마침 점소이가 주문을 한 요리와 술을 가지고 왔다. 장한과 청년들의 눈에는 요리와 술이 들어오지도 않았다.

지금 그들은 나율이 어떤 행동을 취할지 그게 불안할 뿐이었다.

하지만 그들의 우려는 기우에 그쳤다.

나율이 새 젓가락을 들고 흔들었다.

"자, 식사나 하자고."

'참으셨다!'

장한은 내심 놀람을 금치 못했다.

나율은 한 번 틀어지면 상대가 신이라도 칼을 뽑아 들고 달려들 사람이었다.

그런 그가 한눈에 봐도 상대가 되지 않을 황금상단의 무사들로부터 모욕적인 말을 듣고도 인내심을 발휘하고 있었다.

'내가 소궁주를 잘못 보고 있었던 건가?'

[놀랄 거 없다. 네 말처럼 나중에 돌아갈 때 모조리 다 죽여 놓을 거니까.]

* * *

각 가문의 수장들이 하나둘 백야벌에 입성하면서 분위기는 한껏 무르익어 갔다.

이전과는 달리 중원의 양대 상단이라고 할 수 있는 황금상단과 대륙상단까지 회합에 참석했다.

당연히 연회의 규모가 커질 수밖에 없는 까닭에 철군악은 준비에 만전을 기했다.

오늘도 아침부터 저녁까지 직접 연회 준비를 진두지휘하고 돌아온 철군악은 소무백와 마주 앉아 찻잔을 기울였다.

"그분하고 혈가의 가주만 아직 입성하지 않았습니다. 그분은 내일쯤이면 도착한다고 했으니 걱정할 건 없는데, 혈가의 가주가 예상보다 늦고 있습니다."

"조금 늦을 수도 있는 일이니 기다려 보시죠."

소무백은 분위기부터가 이전과 확연히 바뀌어 있었다.

자리가 사람을 만든다고 했던가? 유약했던 과거와는 달리 대지존으로의 풍모가 은연중에 흘러나오고 있었다.

그의 그러한 모습이 철군악으로서는 그저 흐뭇할 따름이었다.

"사형."

"예, 대지존."

"대지존으로서 직접 주관하는 첫 회합이라서 그런지 마음에 부담이 제법 심합니다. 혹시라도 제가 실수를 할 수도 있으니 사형께서 잘 이끌어 주셔야 합니다."

"무슨 말씀을요. 속하는 대지존께서 잘 해내실 수 있을 거라 믿고 있습니다."

"잘 해내야겠지만……."

소무백이 말끝을 흐리며 찻잔을 입으로 가져갔다.

그때 호위장 허도가 들어섰다.

"대지존, 사전 대담을 하셔야 할 시간입니다."

"알겠소."

소무백이 찻잔을 마저 비우고 일어섰다. 철군악도 자리에서 일어나 겉옷을 걸쳤다.

사전 대담은 대회합이 열리기 전에 각 가문의 수장들과 담소를 나누는 일종의 관례였다.

원래는 모두가 다 참석해야 했지만 이것까지 연후를 배려하면 뒷말이 나올 것이 분명해서 예정된 시간에 열기로 한 것이다.

소무백은 걸어가면서 호흡을 가다듬었다. 그에게는 이것조차도 처음 치르는 대사였기에 긴장이 되는 것은 어쩔 수 없었다.

철군악이 곁을 따르며 조언했다.

"가급적 예민한 질문에는 답을 하지 마십시오. 또한 답을 하기가 곤란한 상황이라 생각되면 제게 답을 미루시면 됩니다."

"알겠습니다."

"특히 월가와 전가의 가주들과는 가급적 사무적으로만 응대하도록 하십시오. 한 번 허점을 드러내면 집요하게 파고들 자들입니다."

"그리하겠습니다."

지존궁을 나서자 마침 연회장으로 향하던 집법원주 여태량이 소무백을 발견하고는 황급히 다가왔다.

"연회장으로 가시는지요."

"예. 원주께서도 그리 가시는 길입니까?"

"예, 대지존. 하면 가시지요."

여태량이 함께하자 철군악은 슬며시 한 걸음 뒤로 물러섰다.

여태량이 소무백에게 물었다.

"비전향자들에 대한 처리를 하루라도 빨리 결정해 주시면 감사하겠습니다."

뚝.

소무백이 걸음을 멈추고 여태량을 돌아봤다.

"정말 그들을 다 죽여야겠습니까?"

"자비를 베풀어 내 사람으로 끌어들이면 더없이 좋겠지만, 대지존께서도 아시다시피 그들은 그럴 가능성이 거의 없는 자들입니다. 속하는 그들로 인해 벌이 분열되지 않을까 걱정될 따름입니다."

철군악이 조심스럽게 말하고 나섰다.

"집법원주의 말씀이 옳습니다. 가슴이 아프지만 벌을 위해서라도 하루빨리 일벌백계의 본으로 삼으셔야 합니다."

"조금만 더 시간을 주세요. 그분은 어떤 생각을 갖고 계실지 한 번은 여쭈어야겠습니다."

연후를 말함이었다.

소무백이 그를 거론하자 여태량도 고개를 끄덕였다.

"알겠습니다. 하면 그리하십시오."

"고맙습니다, 원주."

"어인 말씀을요."

잠시 후 소무백은 대회합이 열리게 될 연회장으로 들어섰다.

한편 황태의 부상 때문에 날짜를 놓친 연후는 황태에게 천천히 따라오라 해 놓고 먼저 백야벌을 향해 올라오는 중이었다.

송영과 서백이 황태의 곁에 남았다.

항상 그러하듯 치력의 한계에 도달할 때까지 쉬지 않고 달리는 지옥행군이었다. 하나같이 당대의 고수들이었던 까닭에 속도는 타의 추종을 불허했다.

덕분에 백야벌에 통보한 날짜보다 하루 일찍 도시에 들어설 수 있었다.

"후아……."

서령이 길게 숨을 토했다. 그녀의 얼굴은 발갛게 상기되었고, 얼굴도 땀으로 흥건했다.

천하의 백발마녀가 이렇게까지 지칠 정도였으니 지옥

행군의 정도가 어떠한지는 입에 담을 필요도 없었다.

　상대적으로 공력이 가장 약했던 육손은 쓰러지기 일보 직전이었다.

"흐흐흐. 모처럼 육수를 빼니 머릿속이 개운해진 것 같습니다, 형님들."

"원하면 더 빼게 해 줄 수도 있고."

"사양하겠소! 크흠!"

백운의 너스레에 모두가 웃었다.

"배고파요."

"저도 뱃가죽이 등에 달라붙었습니다."

연후는 백무영을 돌아보며 말했다.

"먼저 들어갈 테니 객잔에서 뭘 좀 먹이도록 해. 이러다 사람 잡겠다."

"알겠습니다. 하면 벌에서 뵙겠습니다."

연후는 먼저 백야벌로 들어갔다.

그가 들어가는 모습을 잠시 지켜본 백무영이 저잣거리를 둘러보다가 한 객잔을 발견하고는 걸음을 떼었다.

"저곳으로 가지."

"저긴 꽤 비싸 보이는데요?"

"여기 안 비싼 곳이 있나?"

"하긴……."

모두는 저잣거리에서 가장 크고 화려한 객잔으로 들어갔

다. 그곳은 나율 일행이 머물기로 결정을 한 객잔이었다.

* * *

'오호!'

술잔을 기울이던 나율이 눈빛을 발했다.

계단을 통해 올라서는 이들에게서 하나같이 범접 불가의 위압적인 분위기가 풍기고 있었다.

하지만 나율이 반응을 보인 것은 그러한 이유 때문이 아니었다. 그의 시선은 오로지 한 여인에게 향해 있었다.

천하절색의 미모와 더불어 전신에 흐르는 냉기가 어우러지자, 사내의 철석간장을 녹여 놓기에 충분했다.

나율뿐만 아니라 객잔에 자리하고 있던 사내들 전부 그녀를 주목했고, 몇몇 여인들은 시기 어린 표정을 지었다.

[느낌이 좋지 않은 자들입니다, 소궁주.]

[또 조심하라는 말을 하고 싶은 거냐?]

"……."

나율은 빈 잔에 술을 채워 거푸 석 잔을 비우고는 다시 여인을 응시했다. 하지만 아쉽게도 여인이 등을 돌리고 앉는 바람에 더 이상 얼굴을 볼 수는 없었다.

그때였다.

"철혈가다."

"어쩐지 분위기가 무시무시하다 했더니 철혈가에서 온 사람들이었구나."

뒤쪽 탁자에 앉은 사람들의 나지막한 대화가 나율의 귓속으로 흘러들었다.

[철혈가라면…….]

[북부무림의 주군가입니다.]

나율의 눈빛이 슬며시 바뀌었다.

불과 조금 전에 장한과 북부무림에 대해 대화를 나눴지 않은가.

[철혈가에 강한 자들이 꽤 많다지?]

[예. 중원무림에서는 살아 있는 전설로 불리는 자들이 몇 명 있다고 들었습니다. 그중에서 가장 유명한 자가 혈왕이라는 자입니다.]

피식.

"개나 소나 왕을 자칭하는군."

나율이 갑자기 육성으로 말을 하자 장한은 순간 흠칫했다.

그런 장한을 보며 나율이 한심하다는 표정으로 고개를 절레절레 흔들고는 입으로 술잔을 가져갔다.

탁!

"오늘은 여기까지. 피곤해서 좀 쉬어야겠으니 천천히 마시고 올라와."

"속하가 모시겠습니다."

"됐어."

나율이 오 층으로 올라갔다. 사 층까지는 술과 요리를 팔고, 오 층과 육 층은 객실로 이루어져 있는데, 화려한 것을 좋아하는 나율을 위해 웃돈까지 얹어서 가장 큰 방을 구해 놓은 상태였다.

나율이 완전히 시야에서 사라지자 장한은 의미 모를 한숨을 길게 내쉬고는 술잔을 기울였다.

한 청년이 조심스럽게 입을 열었다.

"궁에서 철인족을 찾아냈을까요?"

"쉽지 않을 것이다. 워낙에 소수인 데다 변장에도 능한 놈들이니까."

"혹시 그놈들 전부가 중원으로 내려온 것은 아닐까요?"

"설무진, 놈을 잡아서 족쳐 보면 알 수 있겠지."

장한은 술 몇 잔을 더 비우고 자리에서 일어났다. 아직 술과 요리가 남았지만 장한이 일어서자 청년들도 따라 일어섰다.

"너희들은 저잣거리로 가서 내일 아침에 소궁주께서 드실 과일을 좀 사 와야겠다."

"알겠습니다."

"무슨 일이 있어도 시비는 무조건 피해야 한다. 알겠느냐?"

"염려 마십시오."

청년들이 계단을 통해 내려가는 것을 지켜본 장한이 오층으로 이어지는 계단으로 향했다.

계단으로 가려면 철혈가의 사람들이 앉아 있는 탁자를 지나가야 했는데, 그들에 대한 느낌이 좋지 않았던 장한은 일부러 다른 곳을 쳐다보며 계단을 올랐다.

싸아아…….

그들에게서 흘러나오는 알 수 없는 기운에 장한은 온몸에서 소름이 쫙 끼치는 것을 느꼈다.

그건 약한 자는 결코 느끼지 못하는 그런 종류의 기운이었다.

'그 무섭다는 철인족의 상위 전사들도 이 정도까지는 아니었는데…….'

* * *

백야벌 귀빈각.

백야벌을 찾으면 언제나 그곳에 머무는 왕적은 이번에도 가장 큰 방 세 곳을 거처로 정했다.

덕분에 설무진과 용천도 천하에서 가장 비싸고 화려하다는 귀빈각에서 머무는 호사를 누릴 수 있었다.

"와……."

용천이 벌린 입을 다물지 못했다.

왕적이 사전 대담에 참석하면서 모처럼 휴식이 주어진 둘은 귀빈각의 대식당에서 식사를 하는 중이었다.

황금상단의 한 중년인이 웃으며 말했다.

"이곳이 아니면 먹을 수 없는 것들이니 많이들 먹어 두게."

호의를 베푸는 중년인과는 달리 대부분의 무사들은 결코 곱지 않은 시선으로 설무진과 용천을 바라봤다.

그도 그럴 것이 지금껏 몇 번에 걸쳐 왕적을 수행하며 백야벌에 왔지만 호위들에게 오늘처럼 비싼 요리를 시켜 준 적은 한 번도 없었다.

무사들은 왕적이 설무진을 위해 이런 호의를 베푸는 것이라 여겼고, 그것은 사실이었다.

쪼르륵.

설무진은 요리보다는 술이 마음에 들었다.

일부러 가장 독한 술을 시켰는데, 공교롭게도 향과 맛이 고향의 그것과 매우 비슷했던 것이다.

'다들 무사하실까?'

호사를 누리려니 부족원들이 마음에 걸려 마음이 편치 못했다.

자신들은 이렇듯 고급스러운 곳에서 값비싼 술과 요리로 호사를 누리고 있지만, 부족원들은 빙궁의 추적을 피해 북해를 떠돌고 있을 것이다.

조심하세요.

떠나는 자신을 향해 눈물짓던 정혼녀의 모습을 떠올리며 설무진은 지그시 눈을 감았다.

그때였다.

와아아!

갑자기 밖에서 소란이 일었다.

뒤이어 설무진의 귀를 솔깃하게 만드는 외침이 흘러들었다.

"철혈가주께서 오셨다!"

"북부의 주군이시다!"

설무진은 젓가락을 내려놓고 창밖을 바라봤다.

인파가 구름처럼 몰려들고 있었다. 그리고 그 틈으로 한 사내의 모습이 보였다. 광산에서 보았던 연후였다.

용천이 몰려든 인파와 떠나갈 듯한 함성에 혀를 내둘렀다.

"인기가 어마어마하군요."

설무진은 말없이 연후의 얼굴을 바라봤다.

처음 보았을 때 이미 느껴 보았지만, 다시 봐도 연후의 전신에 흐르는 위압감은 놀라울 정도였다.

"왜 호위가 한 명도 보이지 않는 걸까요?"

용천의 말처럼 마땅히 있어야 할 호위들이 보이지 않았다.

"밥이나 먹자."

"……예."

용천이 무슨 말인가를 하려다가 입을 다물었다.

소란은 한동안 이어졌고, 연후가 지존궁으로 들어간 이후에야 잠잠해졌다.

중년인이 말했다.

"내일까지는 딱히 할 일이 없으니 거처에만 있지 말고 백야벌 구경이라도 하게나. 백야벌은 그 어디보다 볼거리가 넘쳐 나는 곳이라네."

"그래도 되겠소?"

"되다마다."

"고맙소."

설무진은 식사를 끝내고 용천과 함께 귀빈각을 나섰다.

중년인의 말처럼 백야벌은 신기한 것 천지였다. 화려한 전각도 전각이지만, 곳곳에 세워져 있는 거대한 동상들은 마치 금방이라도 숨을 토할 것처럼 정교한 솜씨를 뽐내고 있었다.

"빙궁이 중원무림의 정복을 꿈꾸고 있다던데…… 만약 놈들이 이곳에 와 보고도 과연 그런 꿈을 꿀 수 있을까요?"

"수백 년 동안 준비해 온 빙궁이라 결과는 누구도 모를 일이다."

"솔직히 누가 이길 것 같습니까?"

"양패구상."

"……예?"

"서로 싸우다가 망해 버리면 그게 최선의 결과라고 봐야겠지."

"오…… 저는 그것까지는 생각도 못해 봤는데, 말씀을 듣고 보니 우리 부족에게는 그게 최선일 것 같습니다. 그래도 굳이 한 곳을 고르자면요?"

딱!

"윽!"

"쓸데없는 생각 그만하고 저쪽으로 가 보자."

설무진은 팔대가문의 깃발이 나부끼는 곳으로 걸음을 돌렸다.

깃발은 일곱 개였다. 서북무림의 깃발이 사라지고 없는 까닭이었다.

반면 황하수련의 깃발은 여전히 남아 있었다. 공식적으로 황하수련은 여전히 팔대가문의 지위를 유지하고 있었다.

설무진의 시선을 사로잡은 것은 북부무림을 상징하는 철혈대번(鐵血大幡)이었다.

부족의 새로운 터전이 될 가능성이 매우 높은 곳이라 설무진은 신경이 쓰이지 않을 수 없었다.

"저곳이 중원무림의 축소판이라고 해도 과언이 아니겠군요."

"그렇다고 봐야겠지."

"우리 부족도 중원이라면 팔대가문의 한자리를 차지하고도 남을 텐데 말입니다."

"용천."

"예?"

"부족 얘기는 그만해라."

"……예."

그때였다.

설무진은 철혈가의 전각이 있는 곳으로 향하는 사람들을 발견하고는 걸음을 멈췄다.

그가 아는 얼굴이 있었다.

'역시 왔군.'

무리는 식사를 마치고 백야벌로 들어선 철우 등이었다.

그때 준수한 청년이 이쪽을 쳐다보다가 설무진과 시선이 딱 마주쳤다. 육손이었다.

씨익.

"……."

설무진은 육손이 웃자 자신도 모르게 주변을 살폈다.

꽤 많은 사람들이 시끌벅적하게 돌아다니고 있었다.
'날 보고 웃은 건 아니겠지.'
끼아악!
머리 위에서 독수리의 포효가 울렸다.
고개를 들어 쳐다보니 거대한 독수리 한 마리가 전각의 지붕에 내려앉고 있었다.
푸드득!
날갯짓을 하며 중심을 잡은 독수리가 마치 자신을 빤히 쳐다보는 것 같은 기분이 들자 설무진은 미간을 좁혔다.
'뭐야, 이거.'

* * *

"저 사람도 왔네요."
육손이 좌측을 가리켰다.
모두는 그가 가리킨 곳을 돌아봤다. 그곳에 설무진과 용천이 있었다.
"저 사람들이 이곳에 왔다는 건, 황금상단에 몸을 담았다는 거겠죠?"
"결국 돈에 굴복한 모양이군."
설무진을 모르는 백무영이 물었다.
"저 친구는 뭐지?"

"자칭 낭인이라고는 하는데, 주군께서 느낌이 이상하다면서 만리추종향을 뿌려 두었습니다. 황금상단의 왕단주가 거금을 들여 영입에 공을 들인 것을 보면 상당한 실력자임에는 틀림없는 것 같습니다."

"색목인이군."

"외형은 그런데 동공은 또 중원인과 비슷하더군요. 얼굴 생김새도 자세히 뜯어보면 다른 색목인들과는 좀 차이가 있었습니다. 반반 섞였다고나 할까……."

서령이 나섰다.

"정체가 수상하면 그냥 잡아서 족치는 게 간단하지 않을까요?"

쿨럭!

육손이 헛기침을 해 댔다.

"내 말이 틀렸나요?"

"……어서 가시죠."

모두는 철혈가의 전각으로 들어섰다.

미리 기다리고 있던 상주 인원들이 열렬히 그들을 환영했다. 다시 백야벌로 돌아온 송학이 가장 먼저 나와 그들을 맞았다.

"어서 오십시오!"

"주군께서는 안에 계시나?"

"아닙니다. 주군께서는 지존궁으로 가셨습니다. 조금

늦을 것 같으니 이곳에서 대기하라고 하셨습니다."

모두가 장포를 벗고 자리를 잡아 앉으려 할 때였다. 서령이 겉옷을 벗어던지며 말했다.

"뒷마당으로 나오지 마세요."

"……."

뒷마당에 열천이 있다는 것을 모르고 있던 몇몇이 의아해할 때, 한 무사가 웃으며 말했다.

"소저께서는 열천욕을 매우 좋아하십니다. 저번에도 하루에 두 번씩은 꼭 열천욕을 하셨는데, 대략 반 시진 정도는 걸릴 것 같습니다."

* * *

지존궁.

사전 대담을 마친 소무백은 연후와 마주 앉았다. 당연히 철군악이 자리를 함께했다.

그 자리에서 소무백은 혼란 수습의 어려움을 토로했다.

연후는 묵묵히 귀를 기울였다. 한편으로는 소무백이 더 성장했음을 피부로 느낄 수 있었다.

"보이지 않는 곳에서의 저항이라……."

"예. 매우 다양한 방법으로 발목 잡기에 나서는 통에

예상보다 수습이 쉽지가 않은 상황입니다. 다만 몇몇 주요 인사들이 전향을 하면서 한시름 덜기는 했지만, 여전히 넘어야 할 난관이 도처에 깔려 있는 상황입니다."

연후는 철군악을 돌아보며 물었다.

"강경책도 써 보셨소?"

"그게…… 만에 하나 강경책을 썼다가 작정하고 발목 잡기에 나서면 사태가 더 심각해질 것 같아서 말입니다."

소무백이 나섰다.

"하나 여쭙고자 합니다."

"말씀하시지요."

"서문회 측의 핵심 인사 몇 명이 여전히 전향을 거부하고 있습니다. 그들의 처리를 어떻게 하면 좋을지 가주의 고견을 듣고 싶습니다."

연후는 대뜸 물었다.

"그들이 없으면 벌의 운용이 심각해집니까?"

"꼭 그렇지만은 않습니다. 다만 따르는 세력이 많아 강한 처벌을 내렸을 때 후폭풍은 감수해야 할 것 같습니다."

연후는 소무백의 의견은 묻지 않았다. 그가 이미 결정을 내렸다면 이렇게 묻지도 않았을 터였다.

연후는 자신의 생각을 말했다.

"달래서 될 자들이 아니라면 일벌백계의 본으로 삼는

게 좋을 것 같습니다. 혼란을 두려워하여 처리를 미룬다면, 그들을 따르는 세력들에게 자칫 헛된 망상을 심어 줄 수도 있습니다. 한 번 싹트기 시작한 망상은 파멸에 이르기 전까지 쉽사리 사라지지 않는 법입니다."

"흠……."

"차라리 대회합 기간 중에 그들을 처리하십시오. 팔대가문의 수장들이 보는 앞에서 처리한다면 오히려 만천하에 대지존의 위엄을 내세울 좋은 기회가 될 것입니다."

"오호."

철군악이 탄성을 발했다. 그도 강경하게 나설 것을 원하고 있었지만 이것까지는 미처 생각하지 못했던 것이다.

말처럼 팔대가문의 가주들이 모인 자리에서 처리한다면 서문회를 추종하는 세력에게 보다 강력하게 소무백의 뜻을 전할 수 있으리라.

"알겠습니다. 가주의 말씀대로 하겠습니다."

소무백이 한결 편해진 표정으로 말했다. 그가 잠시 머뭇거리더니 다른 말을 꺼냈다.

"그 아이는…… 잘 지내고 있습니까?"

연후는 철군악을 응시했다.

"제가 다 말씀드렸습니다."

연후는 다시 소무백을 응시하며 입을 열었다.

"잘 지내고 계십니다."

"저를 원망하지 않습니까?"

"하루라도 빨리 벌에 돌아오고 싶어 하십니다."

"혼란이 어느 정도 수습되면 사람을 보내도록 하겠습니다. 그때까지 동생을 부탁드리겠습니다."

"소저는 걱정 마시고 혼란 수습에 전념하십시오. 소저께서도 충분히 이해하실 겁니다."

연후는 거의 반 시진에 걸쳐 대화를 나누고 지존궁을 나섰다. 철군악이 정문까지 배웅했다.

연후는 철군악에게 물었다.

"서문회와 관련한 정보는 없었소?"

"그자를 추종하는 세력들이 정보망을 와해시키는 바람에 정보 수집에 애를 먹고 있습니다. 하지만 새로운 인력을 대막으로 보내 두었으니 행적이 드러나는 대로 전해 드리도록 하겠습니다."

"혹시 서장이나 동영쪽 정보망도 와해되었소?"

"……예. 정보가 유출되면서 신분이 드러나는 바람에 대부분이 죽임을 당하거나 사로잡히는 신세가 되었다고 합니다. 특히 동영과 북해 쪽은 전멸에 가까운 피해를 입었습니다."

"이번에 처리할 자들 중에 정보를 유출한 자가 있소?"

"의심되는 자가 둘 있습니다만 물증이 없어 확신은 하

지 못하는 상태입니다."

 워낙에 큰 피해였던 까닭에 철군악의 표정에서 분노가 묻어났다.

 "그럼 회합 때 봅시다."
 "살펴 가십시오, 가주."

 연후는 철군악의 배웅을 뒤로하고 거처로 향했다. 한참 걷다 보니 저만치 앞에서 걸어가는 설무진과 용천이 보였다.

 '황금상단에 몸을 담기로 했나 보군.'

 그때 설무진이 무심결에 이쪽을 돌아보다가 연후와 시선이 딱 마주쳤다.

 꾸벅.

 설무진이 살짝 머리를 숙여보이고는 다른 곳으로 방향을 틀었다. 연후는 그런 설무진의 뒷모습을 무심히 바라봤다.

 그때였다. 설무진이 누군가와 어깨를 부딪치고는 걸음을 멈추는 것이 보였다.

 연후는 설무진과 어깨를 부딪친 자를 응시했다.

 복장을 보니 혈가의 상주 인원 중 한 명인 모양이었다. 그가 설무진을 향해 으름장을 놓았다.

 "어이, 눈 좀 똑바로 뜨고 다니지?"
 "미안하게 되었소."

설무진이 사과를 하고 걸어가려고 하자 상대가 그의 어깨를 낚아채며 다시 말했다.

"미안하면 다야? 앙!"

연후는 흥미로운 눈빛으로 상황을 지켜봤다.

보아하니 황금상단과 관계가 틀어진 까닭에 일부러 시비를 건 것 같은데, 과연 설무진이 어떻게 나올지 궁금했다.

연후는 설무진이 힘을 숨기고 있음을 첫 만남에서 확신하고 있었다.

"내가 뭘 어떻게 하면 되겠소?"

"무릎을 꿇고 공손히 사과해라. 그럼 용서해 주마."

"어이, 지금 뭐하자는 거야!"

용천이 나섰지만 설무진이 그의 팔을 낚아채서 뒤로 끌어당겼다. 그러고는 상대를 향해 은자 몇 냥을 꺼내어 내밀었다.

"이것으로 술 한잔하고 기분 푸시오."

"이 자식이 누굴 거지로 아나!"

탁!

짤그락!

설무진의 손을 후려친 상대가 허리춤의 검에 손을 얹으며 비아냥거렸다.

"열을 셀 때까지 결정해라. 그때까지 사과를 하지 않으면 결투를 요청한다는 것을 미리 경고하마."

사람들이 몰려들었다.

싸움 구경은 고금을 막론하고 가장 흥미로운 일 중 하나였다.

연후는 슬며시 인파에 섞였다.

"하나, 둘……."

다른 혈가의 인물이 숫자를 세기 시작했다.

용천의 얼굴이 화로 인해 붉어졌다.

[그냥 결투를 받아들여서 반병신을 만들어 버리십시오. 저런 놈은 사과를 해도 또 다른 트집을 잡고 나올 게 뻔합니다.]

"여섯, 일곱, 여덟……."

숫자가 열을 향해 다가갈수록 지켜보는 사람들이 마른침을 삼키며 긴장했다.

"열!"

씨익.

혈가의 인물이 이를 드러내며 웃었다.

"기회를 줬는데 마다하다니…… 그럼 결투를 받아들인 것으로 이해하지."

스르릉.

상대의 검신이 발한 빛이 설무진의 두 눈을 하얗게 물들였다.

그가 몰려든 사람들을 향해 물었다.

"결투에서 상대를 죽이면 어떻게 되는 것이오?"

누군가 큰소리로 대답했다.

"쌍방이 합의한 결투에서는 상대를 죽여도 죄를 묻지 않소이다! 한데 당신에게 그럴 일은 없을 것 같소!"

"그러게 상대가 혈가임을 알았으면 냉큼 무릎을 꿇고 사과를 했어야지! 쯧쯧쯧!"

"하하하!"

"크하하!"

웃음이 터졌다.

하지만 설무진은 조금의 동요도 없이 상대를 향해 싸늘히 한마디 했다.

"사과하면 살려는 주마."

7장
백야벌의 대공이 되다

백야벌의 대공이 되다

 사실 설무진은 누구보다 사납고 거친 성정을 지니고 있었다. 다만 부족의 안전을 위해 중원으로 들어온 이후 인내하고 또 인내했을 뿐이었다.

 하지만 지금은 생각이 바뀌었다.

 '황금상단의 일원으로 행세하면 문제 될 건 없다.'

 설무진은 왕적의 영향력을 믿었다.

 그렇다고 상대를 죽일 생각은 없었다. 시비를 걸어온 대가로 실컷 두들겨 패 주는 정도면 충분할 터였다. 그리고 굳이 실력을 다 드러내지 않고도 그럴 자신은 있었다.

 "사과하면 살려는 주마."

 설무진의 이 한마디에 몰려든 사람들이 환호성을 터트렸다.

"기백 좋고!"

"무사답네!"

하지만 대부분은 우려의 시선을 보냈다. 상대가 혈가 소속이기 때문이었다.

"이렇게 또 애꿎은 목숨 하나가 날아가는구나. 쯧쯧쯧."

"아무리 화가 나도 상대를 봐 가면서 응했어야지."

측은지심인지, 비아냥거림인지 모를 목소리들이 설무진의 귓속으로 고스란히 흘러들었다.

하지만 설무진은 아랑곳하지 않고 상대를 직시했다.

"돈벌레 주제에 용기 하나는 가상하구나. 하지만 용기가 네 목숨을 구해 주지 못한다는 것을 곧 깨우치게 해 주마. 후후후."

혈가의 고수가 자세를 잡았다.

연후는 이 결투의 결말을 이미 알고 있었다. 제아무리 혈가의 고수라도 설무진의 상대는 되지 못할 것이다.

혈강시와 일대일로 마주치고도 살아남은 설무진이 아닌가. 관심은 과연 설무진이 어떤 식으로 싸우느냐 하는 것이었다.

힘을 감추고 상대하려면 운신의 폭이 그만큼 제한될 터. 설무진이 과연 그것을 어떤 식으로 풀어 나갈지 연후는 매우 궁금했다.

그때였다.

"무슨 일인가!"

뒤쪽에서 황금상단의 무사들이 뛰어왔다.

설무진과 용천에게 호의를 베풀었던 중년인이 놀란 얼굴로 설무진을 말렸다.

"물러서게!"

"저자가 결투를 신청했소."

"그래도 물러서게! 저 사람은 혈가 소속이네!"

"어이, 당신."

혈가의 고수가 중년인을 향해 매서운 눈빛을 날렸다.

"결투에 개입을 하면 어떤 처벌이 따르는지 잊었나? 잊지 않았으면 말로 할 때 물러서는 게 좋을 거야."

"……!"

그의 뒤쪽에 혈가 쪽 사람들이 나타났다.

어떤 상황인지 간파를 한 그들은 가소롭다는 표정으로 설무진과 황금상단의 무사들을 쳐다봤다.

"어이, 천천히 가지고 놀다가 죽여 버려. 상단의 오합지졸 따위가 감히 겁 대가리도 없이."

"안 그래도 상인 나부랭이들이 하는 꼬락서니가 마음에 들지 않았는데, 이참에 본때를 보여 주라고."

관계가 끊어진 이후 황금상단을 대하는 혈가의 본심을 그대로 드러내는 자들이었다.

설무진은 중년인을 향해 말했다.

"물러서시오."

"……!"

중년인은 낯빛이 창백하게 변했다.

어쩌다가 혈가와 결투를 벌이게 되었는지 그 이유는 궁금하지도 않았다. 문제는 결투에서 이기고 지는 것과는 상관없이 이후에 불어닥칠 후폭풍이었다.

혈가의 잔혹함은 세상이 다 아는 사실이지 않은가.

'일이 더 커지기 전에 단주님께 알려야 한다!'

생각이 거기에 미친 중년인이 황급히 자리를 뜨려 할 때였다.

"내가 참관자가 될 것이니 가만히 있으시오."

한 줄기 무심한 음성에 중년인은 앞으로 나가려던 몸을 뒤로 돌렸다. 그러고는 연후를 발견하고는 두 눈을 한껏 치떴다.

"……!"

연후의 등장에 장내가 크게 술렁거렸다.

연후는 설무진과 혈가의 고수를 향해 한마디 했다.

"어떠한 결과가 나와도 승복할 것을 맹세하고 싸우도록. 만약 결과에 승복하지 못하고 쓸데없는 잡음을 일으킨다면 그 후에 어떤 일이 벌어질지는 각자의 판단에 맡기지."

설무진은 즉각 대답했다.

"맹세하겠습니다."

"맹세하겠소."

"다시."

"……뭐요?"

"감히 팔대가문의 주군에게 건방을 떨고도 무사할 것 같나?"

"……맹세하겠습니다."

"시작해."

　　　　　　＊　＊　＊

결투는 싱겁게 막을 내렸다.

설무진이 압도적으로 몰아친 끝에 낙승을 거둔 것이다. 다만 설무진은 상대에게 치명적인 타격을 가하지는 않았다.

하지만 많은 이들이 보는 앞에서 압도적인 패배를 당한 것만으로도 혈가의 고수에게는 죽음보다도 더한 치욕이었다.

'많이 싸워 본 솜씨군.'

연후는 설무진의 솜씨에 감탄했다.

풍부한 실전 경험이 없으면 결코 할 수 없는 공수의 전

환을 설무진이 보여 준 것이다.

혈가의 고수들이 연후의 눈치를 살폈다.

연후는 그들을 향해 고개를 가로저었다. 쓸데없는 짓은 하지도 말라는 무언의 경고였다.

결국 혈가의 고수들은 동료를 둘러업고 거처로 돌아갔고, 모여들었던 사람들도 각자의 자리로 돌아갔다.

연후는 설무진을 응시했다.

"황금상단에 몸을 담기로 했나?"

"……예."

"열심히 해 봐."

연후는 그 말만 해 주고 돌아섰다.

그런 연후의 뒷모습을 응시하는 설무진의 눈빛이 묘했다.

"자네 괜찮은가?"

중년인과 황금상단의 무사들이 다가왔다.

용천이 대신 히죽 웃으며 대답했다.

"우리 형님한테 저런 하찮은 놈 따위는 한주먹거리도 되지 않습니다."

"결투를 이겨서 다행이긴 하지만 혈가가 가만히 있을지 걱정이네. 어쨌든 속히 단주께 돌아가 말씀을 드려야겠네. 자, 다들 돌아가자고!"

설무진은 맨 뒤에서 걸었다.

아직 돌아가지 않은 몇몇 사람들이 그를 향해 엄지손가락을 치켜세웠다.

"아주 멋졌소!"

"오만하기 짝이 없는 혈가 놈들 코를 납작하게 만들어 줘서 고맙소!"

그들의 목소리가 설무진의 귀에 들어오지도 않았다. 그는 거처로 향하면서도 저만치 앞을 걸어가는 연후의 뒷모습에서 눈을 떼지 못했다.

'내가 힘을 숨기고 있다는 것을 알아채지는 않았을까?'

갑자기 치민 불안감이었다.

* * *

대회합이 시작되던 날.

백야벌의 대연무장으로 사람들이 몰려들었다. 소무백을 비롯한 벌의 수뇌부들은 물론이고, 팔대가문의 수장들과 주요 인사들까지 모습을 드러내었다.

드넓은 연무장의 한가운데에 다섯 명의 죄수가 무릎을 꿇고 있었다.

장로원주 서문회의 측근들로, 보이지 않는 곳에서 벌의 운영을 방해하다가 체포된 자들이었다.

그중에는 정보망 붕괴라는 심각한 타격을 입힌 주범도

있었고, 거금을 빼돌리거나 선동을 통해 혼란을 야기한 자들도 있었다.

"저 작자가 무슨 짓을 하려는 거지?"

"걱정 말게. 뒷감당이 두려워서라도 우리를 죽이지는 못할 걸세. 내 생각으로는 모두가 보는 앞에서 우리를 사면하여 화합을 이끌려는 속셈인 것 같네."

"흥! 누구 마음대로."

누구 하나 두려운 기색은 없었다. 오히려 소무백을 쳐다보며 비웃음을 날리거나 비아냥거릴 뿐이었다.

소무백이 단상으로 올라섰다.

시끌벅적하던 연무장이 한순간 조용하게 가라앉았다. 소무백은 모두를 향해 자신의 뜻을 설명하기 시작했다. 그때까지도 여유만만하던 다섯 명의 죄수는 소무백의 마지막 한마디에 두 눈을 부릅떴다.

"이에 일벌백계의 본으로 삼을 것을 결정하였다! 이후 누구라도 저들과 같은 죄를 짓는다면 일말의 자비조차 베풀지 않을 것이며, 그 식솔들 또한 모든 권리를 포기하고 벌을 떠나야 할 것이다!"

"지, 지금 뭐라고? 일벌백계의 본으로 삼는다면······."

"우리를 죽이겠다는 뜻이 아니오?!"

"감히 우리를 죽이진 못할 거요. 보나 마나 형식적인 벌을 내릴 것이니 겁내지 마시오."

그때 집법원의 무사 다섯 명이 연무장으로 들어섰다. 참수를 할 때 사용하는 칼을 들고 있었는데, 그들이 나타나자 다섯 죄수의 낯빛이 창백하게 변했다.

집법원의 참수무사들은 죄를 지은 자들에게 가장 두려운 존재들이었다.

한 죄수가 악을 썼다.

"대지존! 우리를 죽이면 후환을 감당할 수 있겠소?! 지금이라도 우리를 사면하면 적극 협조할 것이니 어서 이 자들을 물리시오!"

"우리가 무슨 죄를 지었다고 이러는 것이오! 하늘이 두렵지도 않소이까!"

다른 자들까지 동조했지만 소무백은 조용히 쳐다볼 뿐, 눈 하나 깜박이지 않았다.

"이런 빌어먹을……. 물릴 생각이 없는 모양이외다!"

"이를 어쩌면 좋소!"

저벅저벅.

참수무사들의 발걸음 소리가 점점 가까워졌다. 다섯 죄수에게는 그 소리가 저승사자의 속삭임이나 다름없었다.

"참수하라."

소무백의 입에서 사망선고가 떨어졌다.

"대지조오온!"

"살려 주시……."

퍼퍼퍼퍼퍽!

다섯 개의 잘린 머리가 땅으로 떨어졌다. 머리를 잃은 몸뚱이가 한참이나 있다가 앞으로 꼬꾸라지며 피를 쏟아냈다.

장내에 질식할 것만 같은 정적이 흘렀다.

하지만 곧 소무백을 지지하는 쪽에서 함성을 터트리면서 정적은 깨졌다.

와아아!

"대지존! 만세!"

만세! 만세!

장내는 이내 열광의 도가니로 바뀌었다. 하지만 전혀 환호하지 못하는 자들도 많았다.

연후는 소무백을 돌아보며 묵묵히 고개를 끄덕여 보였다.

다른 가주들은 별다른 반응을 보이지 않았다. 다만 전가와 적인회와 월가의 야월만이 떨떠름한 표정을 지으며 서로를 쳐다볼 뿐이었다.

소무백이 자리로 돌아오자 모두가 일어서서 그를 맞았다. 소무백이 모두를 향해 말했다.

"이제 그만 연회장으로 가시지요."

"아직 혈가가 도착하지 않았습니다만."

"더는 사정을 봐줄 수 없으니 혈가는 이번 대회합에서

불참 처리하겠소. 물론 불참에 대한 응당한 대가는 반드시 치르게 할 것이오."

소무백의 단호한 태도에 적인회와 야월도 더는 나서지 않았다.

* * *

과거를 청산하고 새로운 미래를 향해 모두 힘을 합쳐 나아가자는 것이 대회합의 주요 취지였다.

지극히 형식적이라 할 수도 있겠지만 소무백은 대지존으로서의 첫 번째 회합에서 위엄을 보였다.

그는 연후가 감탄할 정도로 매우 논리적이었고, 냉철했으며, 단호했다.

이 자리에서 소무백은 우문적의 황하수련 재집권을 공식적으로 천명하였으며 새외무림의 침공에 대비하여 각 가문 간의 협조 체제도 이전과 완전히 다른 형태로 바꿀 것을 요구했다.

여기까지는 어느 정도 예상이 가능했던 부분이었다.

하지만 모두를 놀라게 한 것은 마지막에 있었다.

"철혈가주께서 벌의 대공을 맡아 주셨으면 합니다."

술렁!

좌중이 크게 술렁거렸다.

대공은 유사시에는 대지존을 대신하여 백야벌을 이끄는 막중한 자리였다.

제일대 대지존이 대공이라는 자리를 둔 적이 있었지만, 이후 유명무실해지다가 백 년 전부터 완전히 편재에서 사라진 직책이기도 했다.

월가의 야월이 말하고 나섰다.

"권력의 분열을 초래한다 하여 폐지된 직책을 어찌하여 다시 세우려 하십니까?"

"장로원주의 패악으로 인한 혼란이 채 가시지도 않은 시점에서 장로원주에 준하는 권력을 가진 대공을 세우심은 오히려 혼란을 부추길 우려가 있지 않겠습니까?"

적인회도 불편한 속내를 드러냈다.

하지만 소무백은 조금도 괘의치 않았다.

"서장과 대막이 언제 다시 침공을 해 올지 모릅니다. 또한 북해와 동영의 움직임도 심상치 않다는 첩보가 속속 전해지고 있습니다. 해서 본인은 유사시를 대비한 확고한 체제를 사전에 튼튼히 해 두고자 합니다. 대공을 두려 함은 그러한 조치의 일환이니 다들 따라 주시면 고맙겠습니다."

"이는 대지존께서 독단으로 결정할 문제가 아닌 것 같습니다만."

적인회의 그 말에 소무백은 집법원주 여태량을 돌아봤

다. 여태량이 자리에서 일어나 좌중을 향해 말했다.

"대공의 임명은 대지존의 고유 권한이니 원탁회의와 십인회의를 따로 거칠 필요가 없습니다. 이는 벌의 법규에 나와 있는 조항이니 나중에 따로 확인을 하시겠다면 집법원에 들러 주십시오."

"……!"

적인회와 야월이 신경질적인 태도로 냉수를 벌컥벌컥 들이켰다.

한편 연후도 내심 놀람을 금치 못했다. 사전에 이와 같은 언질을 해 주지 않았던 소무백이었다.

'대공이라…….'

그때 철군악의 전음성이 귓속으로 흘러들었다.

[대지존께서 가주께 드리는 선물이라 생각하십시오. 거절하시면 실망이 매우 크실 것입니다. 저 또한 마찬가지이고요.]

연후는 옅은 미소를 머금는 철군악을 향해 화답했다.

[고맙게 잘 받겠소.]

* * *

"으하하!"

"오늘은 코가 삐뚤어지도록 마셔 보자고!"

귀빈각이 시끌벅적했다.

연후는 그곳에서 철우를 비롯한 모두에게 연회를 베풀었다. 뒤늦게 도착한 황태와 서백, 송영도 함께했다.

대공의 자리에 오른 것은 생각지도 못한 큰 선물이었다.

대공의 자리는 유사시에 대지존을 대신하여 백야벌을 이끈다는 막중한 역할을 차지하고서도 그 의미가 상당했다.

우선 백야벌의 정보기관을 이용할 수 있을 뿐만 아니라, 제한적이나마 백야벌의 내정에 입김을 가하는 것이 가능했다.

또한 지금까지와는 달리 여러 절차를 생략한 채 대지존과의 독대가 가능했다. 다른 팔대가문의 시선을 피해 소무백과 대화를 나누기 용이해진 것이다.

'이번에도 많은 것을 얻었다.'

강력한 적수, 적혼을 죽이고 광마혼을 얻었다. 그리고 백야벌의 대공이 되었다.

이보다 더 좋을 수는 없으리.

연후는 귀빈각을 나와 잠시 혼자만의 시간을 가졌다. 뒤를 따르려던 철우가 그의 속내를 간파하고는 다시 안으로 들어갔다.

만월이 오늘따라 유난히 크고 밝아 보였다.

초여름의 온기를 머금은 바람이 이처럼 부드러울 수가 있을까.

"흠!"

헛기침 소리와 함께 뒤에서 늘어진 그림자가 연후의 그림자를 덮었다.

황태가 곁으로 다가왔다. 그가 연후에게 술병을 건넸다.

연후는 술병을 입으로 가져가 몇 모금 마셨다.

황태가 만월을 올려다보며 옅은 미소를 지었다.

"정말 이러다가 천하의 주인이 되는 거 아니오?"

"그럴지도."

"오호!"

"농담이오."

"농담이 아니길 바라오."

연후는 황태를 돌아봤다. 황태가 씩 웃으며 말을 이었다.

"기왕에 북부의 일원이 되었으니 내가 모시는 주군이 천하의 주인이 되면 좋지 않겠소."

"끝까지 함께할 거요?"

"함께하지 않을 거라 보셨소?"

연후는 솔직한 심정을 꺼냈다.

"복수가 끝나면 떠날 줄 알았소."

황태가 씁쓸한 표정을 지으며 잠시 침묵을 지켰다. 하지만 침묵은 오래가지 않았다.

"처음엔 그럴 생각이었소. 하지만 지금은 생각이 바뀌었소."

황태의 입가에 다시 미소가 걸렸다.

"어디까지 가실지는 모르겠지만 주군이 가는 길에 끝까지 함께하고 싶소. 그래도 되겠소?"

"물론이오."

황태를 향한 확고한 믿음이 생기는 순간이었다.

* * *

혈가의 총단.

적혼이 자리를 비운 대전으로 칼날 같은 분위기를 뿌리며 들어서는 노인이 있었다.

장로원주 홍무(洪武)라는 인물이었다.

적혼과 더불어 혈가의 양대산맥으로 군림해 온 그의 얼굴이 놀람으로 인해 붉게 달아올라 있었다.

"혈강시가 죽은 것 같다고 하였느냐?!"

홍무의 카랑카랑한 목소리가 대전을 울렸다. 대전에 모여 있던 자들 중 하나가 굳은 목소리로 대답했다.

"혈강시들이 이상 반응을 보이고 있습니다. 이전의 혈

강시가 동료의 죽음에 반응했던 현상과 일치하는 것으로 봐서, 아무래도 주군과 함께 백야벌로 향한 혈강시에게 무슨 일이 벌어진 것 같습니다."

"혈강시가 잘못되었다면 주군도 잘못되었다는 것이 아니냐!"

"벌의 상주 인원에게 확인을 해 봤는데, 주군께서 백야벌에 도착하지 않으셨다고 합니다."

"뭐라?"

홍무의 백미가 날카롭게 휘어졌다. 이상하게도 표정은 놀란 것처럼 보였지만 눈동자는 전혀 그렇지가 않았다.

"백야벌로 향하는 동선으로 아이들을 보내 놓았으니 조만간 주군의 행적을 찾을 수 있을 것입니다. 다만……."

중년인이 말끝을 흐리더니 이내 입술을 깨물고는 말을 이었다.

"감히 말씀드리자면…… 최악의 경우에 대비하심이 좋을 듯합니다."

"주군의 변고를 말하는 것이냐?"

"……그렇습니다."

"그 입 닥치지 못할까!"

"저자가 죽고 싶어 안달이 난 모양이군!"

몇몇 수뇌가 대노하며 나섰다.

하지만 중년인은 아랑곳하지 않고 말을 이었다.

"주군의 자리는 한시도 비워 둘 수 없습니다. 만에 하나 대비를 늦게 했다가는 지금껏 겪어 보지 못한 대혼란에 빠질 수도 있습니다. 만약 주군께서 무사하시다면 속하의 충정을 이해하실 거라 믿습니다."

"닥치래도!"

"그만!"

쾅!

홍무가 탁자를 강하게 내리치고서야 좌중이 조용하게 가라앉았다.

홍무는 좌중을 향해 말했다.

"공 전주의 말이 옳다. 이는 오로지 본 가를 위한 충정에서 한 말이니 다들 너무 노여워할 거 없다. 다만 대비는 하되 주군의 행적을 찾는 데 총력을 기울여야 할 것이다."

"예, 원주!"

"알겠습니다."

홍무의 한마디가 갖는 위력은 대단했다. 적혼도 평소에 그를 함부로 대하지 못했다. 그만큼 장로원의 권력은 막강한 것이었다.

"거기 두 사람."

홍무가 대노하고 나섰던 두 중년인을 쳐다보며 말을 이었다.

"자네들이 직접 아이들을 데리고 주군의 행적을 찾는데 일조토록 하게."

"원주, 저희의 역할은 총단 방어에 있습니다. 설사 주군께서 화를 입으셨다고 해도 저희들이 총단을 비울 순 없습니다. 재고해 주시지요."

"재고해 주십시오!"

"지금 주군을 대신하여 내리는 명을 거역하겠다는 것인가?"

"아무리 원주라도 주군을 대신하여 저희들에게 명을 내릴 순 없습니다."

두 중년인의 완강한 태도에 홍무의 눈빛이 매섭게 변했다. 그가 다시 말했다.

"군령이다. 이래도 거부하겠느냐?"

"……!"

주군의 명에도 그때그때 무게가 달라지는 경우가 있는데, 군령이 바로 그러했다. 군령은 어기면 그 자리에서 즉참이 가능한 것이며 누구라도 예외일 순 없었다.

두 중년인은 서로를 쳐다보며 지그시 입술을 깨물었다. 그중 하나가 홍무를 향해 포권을 취하며 씹어뱉듯이 말했다.

"……군령을 받들겠습니다."

홍무가 대전의 빠져나가는 둘의 뒷모습을 응시하며 기

광을 번뜩였다.

딱!

홍무가 손가락을 튕기자 대전 뒤쪽 벽이 좌우로 갈라지며 혈포인 두 명이 모습을 드러내었다.

"저놈들을 죽여라."

"존명."

대전에 남은 자들이 두 눈을 부릅뜨며 경악했다. 홍무가 그들을 향해 싸늘히 말했다.

"혈강시가 죽었다면 주군도 결코 무사하지 못할 터. 무사하다면 어떤 식으로든 총단으로 연락을 취했을 것이다. 천하에 깔아 놓은 본 가의 비밀 거점이 한두 곳이더냐? 또한 함께 떠난 호위들까지 소식을 전하지 못했다는 것은 필시 변고가 생겼음이 분명할 터."

술렁.

"이후에 누가 권좌에 오를지 잘 생각하여 처신하는 게 좋을 것이다. 따르면 부귀영화를 누리게 될 것이나, 그렇지 않다면 이 자리가 너희들의 마지막이 될 것이다."

대전에 남은 자들은 모두 여섯. 그중 셋이 회심의 미소를 짓고 있었다. 홍무의 측근들이었다.

그걸 모를 리 없는 다른 셋이 한동안 당혹감에 어쩔 줄을 몰라 하더니 그중 하나가 물었다.

"주군께서 살아 계시면 그땐 어찌하려 하십니까?"

"어리석은……. 말하지 않았느냐. 무사하다면 진즉에 연락을 취했을 것이라고. 주군은 죽었다. 설사 살아 있다 하더라도 치명적인 상태에 이르렀을 터. 그렇다면 살아서 돌아온다고 하여 두려울 게 뭐가 있겠느냐."

"……!"

"어서 결정 하거라!"

홍무가 재촉에 셋은 서로를 쳐다보고는 자리에서 일어나 머리를 조아렸다.

"원주의 뜻에 따르겠습니다."

"후후후. 당연히 그래야지."

홍무가 황금을 박아 놓은 태사의 손잡이를 어루만지며 회심의 미소를 지었다.

"하늘이 노부에게 참으로 큰 선물을 하셨구나. 후후후."

그때 측근 하나가 말하고 나섰다.

"문제가 있습니다."

"문제라니?"

"혈강시를 조종하는 신호를 주군만이 알고 있습니다. 만약 주군이 해를 입었다면…… 혈강시는 무용지물이나 마찬가지가 됩니다, 원주."

"혈강시야 새로 만들면 그뿐. 너는 속히 놈들이 있는 곳으로 가서 모조리 불태워 없애버리도록 하거라!"

"하지만 놈들에게 들어간 돈이 자그마치……."

"어리석은 놈. 쓸 곳이 없는 것들에게 미련을 두다니. 놈들을 살려 두었다가 만에 하나 그자가 돌아오면 어찌하려고 그러느냐! 냉큼 달려가지 못할까!"

"……알겠습니다."

"너희들도 가서 돕거라!"

"예, 원주."

모두 물러가고 혼자 남게 된 홍무는 그제야 파안대소했다.

"내 나이 칠순에 드디어 권좌에 오르게 되는구나. 으하하하!"

* * *

백야벌.

대회합이 끝난 다음 날, 소무백은 대연회를 열었다.

그리고 연후의 자리가 바뀌었다. 이전까지는 다른 가문의 수장들과 동석이었다면 오늘부터는 소무백과 나란히 앉게 된 것이다.

적인회와 야월의 표정이 간간이 소태를 씹은 것처럼 일그러지곤 했다.

대연회는 그 어느 때보다 화려하게 치러졌고, 밤이 되

어서야 막을 내렸다.

그리고 다음 날.

연후는 지존궁에서 소무백과 철군악을 만난 후에 백야벌을 나섰다.

왕적과 황금상단도 함께 나섰다. 어떤 이유에서인지는 모르겠지만 왕적의 얼굴에서 웃음꽃이 가실 줄 몰랐다.

그는 귀빈각에서 가장 비싸고 맛이 뛰어난 술을 한 수레나 사서는 연후에게 선물했다.

"대공이 되신 것을 진심으로 축하드립니다, 가주."

"고맙소."

"앞으로 저희 황금상단을 어여삐 여겨 주신다면 이 왕적이 가주…… 아니, 대공과 철혈가를 팔대가문 최고의 부자로 만들어 드릴 것입니다!"

"기대하겠소."

왕적이 누구보다 기뻐하는 이유는 바로 이것이었다.

연후가 대공의 자리에 올랐으니 과거 서문회가 있을 때처럼 중요한 이권 사업은 모조리 황금상단의 차지가 될 것을 믿어 의심치 않았다.

연후는 이미 그러한 점을 간파하고 있었다.

그는 넌지시 한마디 했다.

"금과 철, 금강석을 제대로 팔아 보도록 하시오. 특히 금강석에 거는 기대가 큽니다, 단주."

"크허허! 이 왕적을 믿으십시오! 적어도 여섯 달이 지나기 전에 대공께서 만족하실 만큼의 돈을 아예 수레에 실어서 갖다 드리겠습니다!"

"동영이 험한 곳이라 들었소. 동영으로 갈 때는 본가의 무사들을 필히 대동토록 하시오."

"감사합니다, 대공!"

연후는 아직 대공이라는 말이 실감 나지 않았다. 하지만 왕적은 입에 착착 달라붙는 모양이었다.

한편 설무진은 백야벌을 나서기가 무섭게 주변을 살피는 것을 게을리하지 않았다.

[철혈가주 일행이 함께하고 있으니 그자가 우리를 발견해도 함부로 나서지 못하겠군요.]

[헤어질 때까지 기다리겠지.]

[정말 여기까지 쫓아왔을까요?]

[설호의 능력은 너도 잘 알지 않느냐. 게다가 소궁주와 함께 움직이는 놈들도 하나같이 추종술의 달인들이다. 하니 한시도 방심하면 안 된다.]

[알겠습니다.]

설무진의 경고에 용천은 두건을 만지작거렸다. 혹시 모를 상황에 대비할 목적으로 두건으로 머리와 얼굴을 가렸고, 몸에는 가장 향이 강한 사향까지 잔뜩 지니고 있었다.

그럼에도 안심할 수가 없는 것은 설호의 능력을 너무나도 잘 알기 때문이었다.

백운이 그들을 돌아보며 미간을 찡그렸다.

"사내자식들이 사향이나 지니고. 쯧쯧쯧."

"혹시 성적 취향이 그쪽인 건 아닐까요?"

송영의 그 말에 백운이 토를 하는 시늉을 하다가 설무진과 시선이 딱 마주쳤다.

씨익.

"농담이다. 그렇다고 눈깔에 힘주고 째려보는 건 아니지. 흐흐흐."

그때였다.

끼아악!

독수리 한 마리가 나타났다.

독수리는 육손이 던져 준 큼지막한 고깃덩이를 낚아채서는 다시 하늘 높이 날아올랐다.

끼아악!

포효하며 날아오르는 독수리를 향해 한 줄기 섬뜩한 기운이 날아들었다.

간발의 차이로 허공을 가른 기운은 맞은편 객잔의 맨 위층에서 술잔을 기울이던 한 사람의 이마를 꿰뚫었다.

퍽!

"으악!"

난데없는 비명에 객잔 앞을 지나가던 연후와 일행들이 고개를 돌렸다.

　　　　　　　　＊　＊　＊

"빗나갔군."
  툭!
  나율은 순식간에 시야에서 멀어지는 독수리를 응시하며 인상을 그렸다.
  독수리라면 치를 떠는 그에게 바로 눈앞에 나타난 독수리는 무조건 죽여야 할 대상이었다. 해서 젓가락을 날렸지만 애먼 사람만 죽이고 말았다.
  나율은 맞은편 객잔에서 소동이 일거나 말거나 술잔을 입으로 가져갔다.
  그때 청년 하나가 안으로 뛰어 들어왔다.
  "황금상단이 바로 앞을 지나가고 있습니다."
  "……!"
  나율은 객잔 밖으로 시선을 던졌다. 황금상단의 깃발이 바로 코앞을 지나가며 펄럭이고 있었다.
  나율의 두 눈이 섬뜩한 빛을 번뜩였다. 그러다가 황금상단보다 앞서 이동하고 있던 연후 등을 발견하고는 코웃음을 쳤다.

"그사이에 또 머릿수를 늘렸군."

"그게 아니라…… 저기 저 사람이 북부무림의 주군이자 철혈가주인 이연후라고 합니다."

"확실하나?"

"예. 정문에서 황금상단이 나오기를 기다리고 있을 때, 저 사람을 보고 수군거리는 말을 똑똑히 들었습니다."

나율의 미간이 슬며시 일그러졌다.

"이러면 곤란한데……."

"저들이 황금상단과 함께 움직인다면 너무 위험하지 않겠습니까?"

퍼석!

술잔이 나율의 손아귀에서 산산조각이 나 버렸다.

다른 청년이 조심스럽게 말했다.

"뒤를 쫓다가 헤어질 때를 노리면 되지 않겠습니까?"

"그렇습니다. 그 방법이 가장 안전할 것 같습니다."

벌컥벌컥!

나율은 술을 병째 들이켜고는 자리를 박차고 일어섰다.

"좋아. 남는 게 시간이니 헤어질 때까지 계속 뒤를 쫓는다."

"알겠습니다."

"너는 주방으로 내려가서 내가 마시던 술 몇 병만 챙기도록 해."

"예!"

* * *

[저길 좀 보십시오!]

용천의 다급한 전음에 설무진은 고개를 돌렸다.

뒤이어 용천이 가리킨 곳을 응시하다가 눈빛을 떨었다. 객잔의 열려 있는 창을 통해 나율을 본 것이다.

설무진의 흔들리는 눈동자 깊숙한 곳에 짙은 증오와 적개심이 섞여 있었다.

[지독한 놈들이 결국 여기까지 쫓아왔군요.]

[지금은 놈들도 감히 나서지 못할 것이다. 철혈가와 함께하는 동안은 안전하니 내려가면서 추격을 따돌릴 방법을 찾아보자.]

[알겠습니다.]

그때였다.

나율이 이쪽을 쳐다보자 설무진은 재빨리 시선을 돌렸다.

"어떤 놈이 겁도 없이 백야벌의 코앞에서 사람을 죽였지?"

"그러게 말입니다. 제가 한번 가 볼까요?"

"신경 끄고 가던 길이나 가자."

설무진은 대수롭지 않은 듯 대화를 나누는 악소 등을 응시하며 눈빛을 가라앉혔다.

'차라리 이들이 누군지 모르고 달려들면 좋을 텐데…….'

제아무리 나율이라도 이들까지 감당할 순 없을 터. 하물며 철혈가주까지 있으니 오히려 나율이 죽음을 면치 못할 터였다.

설무진은 저만치 앞에서 보이기 시작하는 관도를 응시하며 나지막이 숨을 골랐다.

따돌렸을지도 모른다는 희망이 물거품처럼 사라진 지금, 그의 머릿속은 다시 혼란스럽게 바뀌어 가고 있었다.

* * *

백야벌을 나서고 이틀이 지나는 동안 별일은 벌어지지 않았다.

'역시 놈들도 이들의 정체를 알고 있다. 그래서 섣불리 나서지 못하고 뒤만 쫓고 있는 것이다.'

그동안 설무진은 마땅한 방법을 찾아 고민을 해 봤지만 딱히 떠오르는 것이 없었다.

그러다가 하나 떠올린 것은 강이 있는 곳까지 내려가다가 그곳에서 아무도 몰래 은밀히 사라지는 것이었다. 설호의 후각을 벗어나진 못할 테지만 적어도 흔적은 감출 수 있을 거라는 판단에서였다.

물론 운이 좋다면 설호의 후각에서도 멀어질 수도 있으리라.

만약 그것마저 여의치 않다면 방법은 하나뿐이었다. 어떻게든 황금상단의 총단까지 내려가서 체취를 지울 수 있는 약을 사용하는 것뿐이었다.

"잠시 휴식!"

이동이 잠시 중단되었다.

모두는 관도 좌우의 풀밭으로 들어가 각자 자리를 잡고 휴식에 들어갔다.

설무진과 용천은 가급적 철혈가의 고수들과 가까운 곳에 자리를 잡았다. 그들은 건량과 술로 허기를 달래며 주변을 살피는 것을 게을리하지 않았다.

하지만 어디에서도 추적자들의 흔적은 찾아볼 수가 없었다.

"이리 오게."

왕적이 설무진을 불렀다. 왕적은 연후와 한자리에 앉아 있었다.

설무진은 연후를 힐끗 쳐다보고는 자리에서 일어나 곁으로 다가갔다.

"대공께서 보시기에 어떻습니까?"

"단주께서 좋은 호위를 얻은 것 같소."

"그렇지요? 역시 제 눈이 틀리지 않았습니다. 껄껄껄!"

기분 좋게 웃은 왕적이 은으로 만든 술잔에 술을 따라 설무진에게 내밀었다.

"한 잔 마시게."

"……고맙습니다."

술잔을 비운 설무진에게 왕적이 거푸 두 잔을 더 따라 주었다. 빨리 자리로 돌아가고 싶었던 설무진을 향해 연후가 불쑥 물었다.

"무슨 일이라도 있는 건가?"

"예?"

"초조해 보여서 하는 말이다."

"……아닙니다. 아무 일도 없습니다."

"그래? 내가 잘못 본 모양이군."

"그럼 이만."

용천이 있는 곳으로 향하는 설무진은 내심 불안했다.

연후가 왜 자신을 지켜봤을까? 지켜보지 않았다면 자신이 초조해하는 것을 알 수가 없었을 터.

'최대한 평정심을 유지하고 있었는데…….'

잠시 후 이동이 재개되었다. 그리고 이틀이 더 지날 동안까지도 별일은 일어나지 않았다.

그리고 하루가 더 지난 다음 날이었다.

"여기서 작별을 고해야 할 것 같습니다. 조만간에 좋은 소식을 전하겠습니다, 대공."

"살펴 가시오."

설무진은 멀어져 가는 연후와 일행들을 응시하며 나지막이 숨을 골랐다.

이제 황금상단의 총단까지는 사흘이 남았다. 그동안에 나율은 어떤 식으로든 움직이려고 들 것이다.

설무진은 황금상단의 호위들을 응시했다. 저들만으로는 절대 나율을 막지 못할 거라는 생각에 한숨이 절로 나왔다.

[지금부터 정신 바짝 차려야 한다, 용천.]

[예.]

우르릉!

멀쩡하던 하늘에서 천둥이 쳤다. 뒤이어 먹구름이 밀려들며 하늘이 시커멓게 변해 갔다.

"단주, 비가 쏟아질 것 같으니 바로 도시로 들어가시지요."

"그래야겠군."

왕적은 곧장 눈앞의 도시로 향했다. 제법 큰 도시의 저잣거리는 휘황찬란하다는 말로도 부족할 만큼 번화함을 자랑했다.

하지만 설무진의 눈에는 오가는 모든 이들이 언제 자신

을 향해 달려들지 모르는 추적자들 중 한 명으로 보일 뿐이었다.

물론 나율과 청년들의 얼굴은 알고 있었지만 그들이 전부라는 보장은 없었기에 한시도 긴장의 끈을 놓을 수가 없었다.

그때였다.

"이런……."

왕적이 갑자기 당혹감을 드러냈다. 그러더니 품속에서 뭔가를 꺼내며 호위들을 향해 말했다.

"누가 이것을 대공께 전해 드려야겠다! 진즉에 드린다는 것을 내가 깜박했구나."

"속하가 다녀오겠습니다."

"중요한 물건이니 조심해야 한다."

"예, 단주."

설무진의 머릿속에서 뭔가 반짝하는 순간이었다. 그는 재빨리 나섰다.

"제가 다녀오겠습니다."

"자네가?"

"예. 백야벌에서 제가 곤경에 처했을 때 대공께서 저를 도와주셨는데, 미처 감사하다는 인사조차 드리지 못했습니다."

그때 한 장한이 나섰다.

"중요한 물건을 들어온 지 얼마 되지도 않은 저 친구에게 맡길 순 없으니 제가 다녀오겠습니다."

"그렇습니다!"

왕적이 미간을 찡그릴 때 설무진이 말을 이었다.

"저를 믿지 못하신다면 그렇게 하십시오."

설무진이 뒤로 물러서자 왕적이 고개를 저으며 웃었다.

"한 식구가 되려면 당연히 믿어야지. 좋네. 하면 자네가 다녀오게. 아직 멀리 가지 못하셨을 테니 최대한 빨리 전해 드리고 돌아오게나."

"알겠습니다. 하면 다녀오겠습니다."

설무진은 왕적이 건넨 금합을 품속에 갈무리하고는 용천을 돌아봤다.

용천이 앞으로 나섰다.

"가시죠."

[놈들이 지켜보고 있을 텐데 괜찮겠습니까?]

[죽어라 달려야지.]

[알겠습니다.]

설무진은 땅을 박차고 뛰어올랐다.

쾅!

"어멋!"

"어억!"

오가던 사람들이 놀라서 뒤로 넘어졌다. 그 모습이 마

치 도망을 치는 사람처럼 보이자 설무진을 믿지 못하던 장한이 왕적을 돌아보며 말했다.

"아무래도 느낌이 좋지 않습니다. 놈들이 물건을 갖고 도망가 버릴 수도 있지 않습니까?"

"이놈아. 방금 내가 최대한 빨리 다녀오라고 해서 저러는 것이 아니냐. 쯧쯧쯧."

"……."

사실 왕적도 살짝 불안했다. 하지만 여기서 설무진을 믿지 못하는 모습을 보였다가 그가 떠질지도 모른다는 불안감에 한번 믿어 보기로 마음을 먹은 것이다.

'사람을 얻으려면 이 정도 모험쯤은 감수해야지.'

왕적은 자신의 판단이 틀리지 않았기를 바라며 객잔으로 들어섰다.

한편 나율은 드디어 철혈가가 떨어져 나가자 기회를 엿보며 도시로 따라 들어섰다.

그러다가 난데없이 두 사람이 경공술을 펼치며 저잣거리를 빠져나가자 미간을 좁혔다.

'혹시 저놈들일까?'

설호가 없는 상황에서 두건으로 머리카락과 얼굴을 반쯤 가린 까닭에 나율은 설무진과 용천을 한눈에 알아보지 못했다.

한 청년이 나섰다.

"아무래도 저놈들이 수상합니다. 제가 따라가 보겠습니다."

"그렇게 해. 만약 놈들이면 섣불리 달려들지 말고 신호를 보내도록 해. 설무진은 너희들이 알고 있는 이상으로 강한 놈이니까."

"알겠습니다."

두 청년이 설무진과 용천을 쫓아가자 나율은 왕적 등을 향해 시선을 돌렸다. 그러다가 돌연 안광을 번뜩이며 인상을 그렸다.

"아까 그놈들이 맞았군."

"예?"

"남은 놈들 중에 설무진만 한 덩치가 없잖아."

"……!"

장한도 그제야 상황을 인지하고는 눈을 크게 치떴다.

쾅!

나율이 땅을 박차고 뛰어올랐다. 장한도 재빨리 그 뒤를 쫓았다.

오가던 사람들이 다시 놀라며 경악성을 질러 댔다.

* * *

"두 놈이 따라붙었습니다."

용천이 뒤를 돌아보고는 나지막이 외쳤다. 그러더니 고개를 갸웃거리며 말을 이었다.

"이상합니다. 왜 저놈들만 쫓아오는 걸까요?"

설무진도 그게 이상했다. 자신들을 알아봤으면 누구보다 나율이 먼저 쫓아왔어야 정상이었다.

"혹시 우리라는 것을 확신하지 못한 걸까요?"

"설호가 있는데 그럴 리가 있나."

"아니면 저 두 놈만 쫓아올 리가 없잖습니까. 놈들이 대장의 실력을 모르는 것도 아닐 텐데 말입니다."

듣고 보니 일리가 있었다.

'혹시 설호가 없는 걸까? 아니다. 설호 없이는 여기까지 쫓아올 수가 없다.'

설무진의 머릿속이 복잡해져 갔다. 그 와중에도 낼 수 있는 최대 속도로 달렸다.

그러기를 얼마나 지났을까?

"소궁주가 쫓아오고 있습니다!"

용천의 목소리가 가늘게 떨렸다.

뒤를 돌아본 설무진은 두 청년 뒤에서 질풍처럼 달려오는 나율을 발견하고는 어금니를 지그시 깨물었다. 그러고는 따라잡혔을 때를 생각하여 대도를 묶어 놓았던 어깨의 끈을 살짝 풀어 놓았다.

전방을 쳐다보니 연후 등의 모습은 보이지 않았다.

'부디 경공으로 이동하지 않았어야 할 텐데…….'
쏴아아!
빗줄기가 떨어지기 시작했다.
설무진은 다시 뒤를 돌아봤다. 그사이에 나율은 이미 앞서 달려오던 청년들의 바로 뒤쪽까지 다가와 있었다.
거리는 백 장 정도.
짧다면 짧고, 멀다면 멀 수도 있는 거리였지만 설무진에게는 한없이 짧게만 느껴졌다.
'여기서 붙잡힐 순 없다.'

* * *

철혈가를 떠난 이후 연후는 비를 무척 좋아했다. 세상을 두들기는 빗소리를 들으며 사색에 잠기면 아버지로부터 외면당한 한과 서글픔을 잊을 수 있어서 좋았다.
청승맞다 할 수도 있겠지만 연후에게 비는 마음의 평온을 가져다주는 신의 선물과도 같았다.
하지만 언제부턴가 비가 싫어졌다.
'변한 건가?'
쏴아아…….
연후는 쏟아지는 빗줄기를 바라보며 천하를 떠돌던 때를 회상했다.

돌이켜보면 이처럼 살아남았다는 것이 신기할 정도로 험한 세월이었다. 또한 피와 죽음이 따라다니는 어둠의 세월이기도 했다.

"망할 놈에 비는 뭐가 이렇게 자주 와."

서령이 투덜거렸다. 그녀도 비가 꽤 싫은 모양이었다.

모두는 잠시 관제묘로 들어와 비를 피하는 중이었다. 육손과 송영은 꾸벅꾸벅 졸았고, 서백과 서위량은 입구에 나란히 앉아 장난을 치고 있었다.

서령이 연후를 돌아보며 물었다.

"이렇게 여유를 부려도 괜찮은 건가요?"

"딱히 서두를 것도 없으니까."

"많이 좋아졌네요. 듣자니 백야벌에 다녀올 때마다 사건이 끊이지 않았다고 하던데……."

그랬다. 이전에는 오가는 길이 팔대가문 간의 또 다른 전쟁이었고, 그때마다 연후는 살아남았고, 그의 손에 죽어 간 자들은 헤아릴 수 없을 만큼 많았다.

우르릉.

쩌저적!

천둥벼락이 사납게 몰아쳤다.

연후가 미간을 좁힌 것은 벼락 소리에 섞여 있는 또 다른 소리를 들었을 때였다.

'싸우는 소리 같은데…….'

그때였다.

쿠궁.

묵직한 굉음이 흐릿하게 들렸다.

황태가 중얼거렸다.

"누가 싸우는 것 같은데……."

여기서 공력의 차이가 드러났다. 연후는 벼락 소리에 섞인 소리를 감지했지만 황태는 그러지 못했다.

꽈과광.

이번에는 보다 더 선명하게 들렸다.

백무영이 말했다.

"아주 빠른 속도로 가까워지고 있습니다."

"제가 가서 확인을 해 보겠습니다."

백운이 일어서자 서백과 서위량도 일어섰다.

"저희들도 같이 다녀오겠습니다."

"방향이 이곳을 향하고 있으니 그냥 있어라."

셋이 다시 자리에 앉았다.

연후는 열린 관제묘의 문을 통해 밖을 응시했다.

싸우는 소리는 정확하게 북쪽에서 남쪽으로, 그러니까 자신들이 머물고 있는 관제묘를 향하고 있었다. 백무영의 말처럼 아주 빠른 속도로.

콰지직!

"으악!"

이번에는 비명이 울렸다. 불과 조금 전보다 훨씬 가까운 곳에서 터진 비명이었다.

그리고 눈 몇 번 깜박일 시간이 흘렀을까? 관제묘 북쪽의 숲을 헤치며 뛰어오르는 자들이 있었다.

연후의 두 눈이 가늘어졌다.

설무진과 용천이었다. 그리고 그들 뒤쪽에서 세 명이 더 모습을 드러냈다.

백운이 눈을 동그랗게 치떴다.

"저 자식은 황금상단의 금발이잖아?"

"쫓기는 것 같은데요?"

백운이 연후를 돌아봤다.

"주군, 나가서 도와줄까요?"

연후가 묵묵히 고개를 끄덕이자 백운이 기다렸다는 듯 벌떡 일어섰다. 서백과 서위량도 일어서려고 하자 악소가 나섰다.

"너희들이 나설 자리가 아닌 것 같다."

"……예?"

* * *

설무진은 결국 추격을 허용했다.

나율의 경공술은 그만큼 대단했다. 나율이 공격을 막으

면서 속도가 느려졌고, 두 명의 청년과 장한까지 합세하면서 생사를 다투는 싸움이 시작되었다.

그 와중에 한 명을 죽였지만 용천도 부상을 입었다. 설무진은 무사했지만 나율의 파상적인 공세는 점점 더 위력을 더해 가고 있었다.

"이역만리 타향이 네놈의 무덤이 될 줄은 꿈에도 몰랐겠지. 후후후."

쫓고 쫓기는 와중에도 나율은 매우 평온해 보였다. 마치 설무진과 용천 정도는 마음만 먹으면 언제든 죽일 수 있다는 것처럼.

쐐애액!

한 줄기 강맹한 기운이 설무진을 노리고 날아들었다.

설무진은 수중의 대도를 풍차처럼 회전시켜 공격을 막아 냈다. 그 바람에 경공을 더 이상 펼칠 수가 없는 상태가 되면서 지상으로 내려섰다.

용천이 그의 옆으로 떨어져 내렸다.

설무진은 재빨리 용천의 상태를 살폈다. 어깨와 가슴에서 피가 꾸역꾸역 흘러내리고 있었고, 안색도 파리하게 변해 있었다.

"버텨야 한다, 용천!"

"끄떡없습니다."

말은 그렇게 했지만 이미 눈빛이 흐릿하게 변해 버린

용천이었다.

쫘악!

설무진은 어금니를 악물며 대도를 고쳐 잡고는 거목을 등지고 섰다.

나율이 그런 설무진을 향해 비릿한 조소를 날리며 다가섰다.

"철인족의 최고 전사라는 네가 이렇게 허약할 줄은 미처 몰랐군. 하면 여태까지의 명성이 전부 과장되었던 건가? 그런 거냐?"

"계집애처럼 말이 많은 건 여전하군. 소문에 너는 앉아서 오줌을 눈다지?"

꿈틀.

나율의 눈썹이 칼날처럼 휘어졌다.

대수로울 것도 없는 도발이었지만 그의 반응은 그 이상이었다.

"네놈이 나를 아주 뜨겁게 만드는군. 후후후."

치르륵!

나율의 검에서 수증기가 하얗게 피어올랐다. 뒤이어 검신 전체에 은은한 혈광이 떠올랐다.

그것을 본 설무진의 눈빛이 굳어졌다.

'한 방에 승부를 본다.'

콰아아!

설무진의 주변에서 기의 폭풍이 일어났다. 쏟아지던 빗줄기가 이리저리 휘었고, 수풀과 진흙이 솟구쳐 오르며 나율과의 사이에 벽을 형성했다.

장한이 나지막이 외쳤다.

"조심하십시오. 놈이 힘을 개방했습니다."

"더 해 보라지."

나율은 아랑곳하지 않고 설무진을 향해 다가섰다. 그러다가 흠칫하며 걸음을 멈춘 것은 전방의 관제묘에서 밖으로 나서는 두 사람을 보았을 때였다.

백운과 악소였다.

'저놈들은······.'

나율이 재차 흠칫한 것은 관제묘의 열린 문을 통해 그 안에 앉아 있는 다른 사람들을 보았을 때였다.

연후의 얼굴이 동공에 비수처럼 박혔다.

'이런······.'

"소궁주! 철혈가주 일행입니다!"

장한이 다급히 외쳤다.

그의 외침은 설무진과 용천도 똑똑히 들었다. 설무진은 그제야 관제묘를 찾아 시선을 돌렸다. 용천이 기괴하게 웃었다.

"으ㅎㅎ."

그러더니 맥없이 주저앉았다.

철퍼덕!

"작전 성공입니다, 대장."

* * *

'철인족?'

연후는 조금 전 나율이 중얼거린 말을 똑똑히 들었다. 뒤이어 서문회의 제자 구양문으로부터 들었던 철인족을 떠올렸다.

'역시 평범한 친구는 아니었군.'

연후는 자리에서 천천히 일어섰다.

그때였다.

퍼퍼펑!

설무진을 공격하던 자들이 돌연 땅을 박차고 뛰어오르더니 숲으로 뛰어들었다.

"쫓을 필요 없다."

연후는 뒤를 쫓으려던 악소와 백운을 말리고는 설무진을 향해 말했다.

"들어오지."

설무진은 용천을 부축했다. 용천은 그때까지도 실성한 사람처럼 히죽거리고 있었다.

연후는 다가오는 설무진을 직시하며 조금 전에 그가 일

으켰던 기의 폭풍을 떠올렸다.

'생각 이상이었군.'

힘을 감추고 있다는 것쯤은 처음부터 알고 있었으나, 그게 어느 정도일지는 연후라고 할지라도 정확히 알 수는 없는 일이었다.

그런데 방금 전 설무진이 보여 준 무위는 연후가 짐작했던, 그 이상이었다.

"육손."

"예?"

"저 친구를 돌봐 줘야겠다."

"옙!"

육손이 다가가자 설무진이 그에게 용천을 건넸다. 그러고는 연후를 향해 포권을 취하며 머리를 숙였다.

"단주께서 전해 드리라는 물건이 있어 가주…… 아니, 대공을 찾아오던 길이었습니다."

연후는 설무진이 건넨 금합을 철우에게 건네고는 물었다.

"방금 그놈들은 누구지?"

"……사적인 원한이 있는 자들입니다."

"그들도 북해에서 왔나?"

"……!"

연후는 가늘게 흔들리는 설무진의 두 눈을 직시하며 말을 이었다.

"네가 철인족이라고 해서 문제 삼을 생각은 없으니 안심해도 좋다."

파르르…….

설무진의 두 눈이 확연하게 흔들렸다. 그토록 숨기려 했건만 결국 정체가 드러나고 만 것이다.

"문제 삼지는 않겠지만 무슨 일인지는 들어야겠다. 놈들이 북해에서 왔다면 결코 간과할 수 없는 문제니까. 올라오는 길에 객잔에서 살인 사건이 터졌는데, 아무래도 저놈들이 범인인 것 같아서 말이야."

설무진은 지그시 눈을 감았다. 이쯤 되면 입을 닫는다고 해서 될 일이 아님을 인정한 것이다.

"놈은 북해빙궁의 소궁주로, 저를 잡기 위해 쫓아왔습니다."

"……!"

천하의 연후도 놀라지 않을 수 없었다. 다른 이들도 마찬가지였다.

북해빙궁은 오래전부터 서장이나 대막보다 더 강력한 적으로 평가받고 있었다. 그러한 빙궁의 소궁주가 중원에 나타났다니.

설무진은 자초지종을 설명했다.

물론 자신들이 북부무림에 새로운 터전을 마련하기 위해 내려왔다는 것은 말하지 않았다.

여기서 왜 중원으로 왔냐는 질문은 당연한 수순이었다.

"너는 왜 중원으로 왔지?"

"돈을 벌기 위해 왔습니다. 빙궁과의 전쟁으로 거의 모든 것을 잃어버린 까닭에……."

말끝을 흐리는 설무진.

찰나의 순간, 연후의 두 눈에 흐릿한 이채가 떠올랐다가 사라졌다. 하지만 설무진은 미처 그것을 보지 못했다.

연후는 송영을 돌아봤다.

"술 남은 것 좀 있나?"

"여기 한 병 있습니다."

연후는 송영이 건넨 술병을 설무진에게 던졌다.

휙.

척!

"마시고 좀 쉬도록 해."

"……감사합니다."

설무진은 바로 용천에게 다가갔다. 육손이 용천의 상태를 살피고 있었다. 동방리만큼은 아니지만 육손도 제법 의술에 조예가 깊었다.

설무진이 육손에게 물었다.

"괜찮겠소?"

"다행히 뼈와 신경은 다치지 않았는데, 독이 조금 문제가 되겠네요."

"……독이라고 했소?"

"일단 더 깊게 퍼지는 것은 막아 뒀지만, 서둘러 해독하지 않으면 문제가 심각해질 겁니다."

연후가 물었다.

"며칠까지 견딜 수 있겠느냐."

"사흘 정도는 버틸 수 있습니다."

묵묵히 고개를 끄덕인 연후는 설무진을 돌아보며 말을 이었다.

"본 가에 의술에 능통한 사람이 있으니 우리와 함께 가도록 하지."

설무진이 대답을 하기도 전에 용천이 큰소리로 대답했다.

"감사합니다! 쿨럭쿨럭!"

"이봐요, 그렇게 격하게 소리치면 응급 처치가 무용지물이 될 수도 있어요."

"쿨럭쿨럭!"

"이런……."

육손이 혈도 몇 곳을 손가락으로 누르자 그제야 용천이 기침을 멈췄다.

* * *

"빌어먹을……."

나율의 얼굴이 화로 인해 벌겋게 달아올랐다.

설무진을 놓친 것보다 도망쳐 온 것이 그를 더 분노하게 만들어 놓았다.

하지만 어쩔 수 없는 선택이었다.

그 상황에서 싸움은 스스로 죽음을 향해 뛰어드는 꼴이나 다름없었다. 연후도 연후지만 그와 함께 있던 자들 전부를 상대로 싸울 순 없는 노릇이었다.

지극히 현실적이면서도 냉철한 판단이었지만 나율은 끓어오르는 화를 억누르지 못했다.

"시간 끌지 말고 진즉에 죽였어야 했는데……."

쾅!

나율의 발길질에 큼지막한 바위가 두 쪽으로 갈라졌다.

장한이 조심스럽게 입을 열었다.

"아무래도 놈은 포기하고 돌아가시는 것이 좋겠습니다. 놈이 만약 소궁주에 대해 발설했다면 너무 위험해집니다."

"생각 좀 하게 입 좀 다물어."

"……예."

장한은 입을 다물었다.

잠시 침묵의 시간이 흘렀다. 그리고 일각쯤 지났을 때, 나율이 웃었다. 정말 화가 나면 웃는 게 그의 버릇이었다.

"만용을 부리면 안 되겠지?"

"소궁주의 안위를 생각하셔야 합니다."

"좋아. 뭐, 오늘의 이 빚은 훗날 백 배, 천 배로 갚아 주면 되지. 고향으로 돌아간다."

(북천전기 18권에서 계속)